Nuno Morais

Portais

Título: Portais

Autor: Nuno Morais

www.nunomorais.eu

correio@nunomorais.eu

1ª Edição "Paperback" Amazon: Abril 2017

ISBN: 978-989-95874-2-7

© 2010 Nuno Morais

© capa Raquel Ferreira

Contacto postal:

Nuno Morais

R. Filipe Folque, 10.G – Ap. 1943

PT 1057-001 Lisboa

Esta aventura foi escrita com total e completo desprezo pelas regras do novo acordo ortográfico.

Esta é uma obra de ficção.

As personagens e os seus nomes, bem como os nomes de lugares e os acontecimentos aí relatados são produto da imaginação do autor ou são usados de forma fictícia e não devem ser tomados pela realidade. Qualquer semelhança com acontecimentos, locais, entidades, organizações ou pessoas, vivas ou mortas, é inteira coincidência ou fruto da imaginação do leitor – pela qual o autor não é de todo responsável.

A Júlio Verne, Emílio Salgari, E.R. Burroughs, Hérgé, E,P. Jacobs, H.G. Wells e Arthur Conan Doyle, criadores de aventuras.

<u>Obras de Nuno Morais</u>

<u>Romances</u>:

Tráfico Desumano:
Perdidos para Sempre
Destinos Cruzados
Guerra Oculta

<u>Novelas</u>:

Wish You Were Here
Portais
Uma Passagem Atribulada

CONTEÚDO:

PARTIDA

O fim-de-semana começou mal.

Na sexta de manhãzinha, depois de vários dias a viver na rua, encostado ao esqueleto de um prédio embargado no nobre bairro da Picheleira – envolto em papel de jornal e mantas velhas, enquanto observava e tomava nota das idas e vindas de um grupo de provinciais angolanos mal-encarados, vestidos com as sedas que o contrabando de drogas e diamantes permite comprar –, quando já via o tempo a andar para trás, surge, finalmente, o tipo que me devia ter rendido ao fim da tarde anterior.

Deu-me a desculpa esfarrapada de que a sogra estava muito doente, que tinha estado no hospital, e que, por isso, não aparecera nem dera sinal, forçando-me a continuar ali – uma vez que o subcontrato de vigilância sacado ao Ministério do Interior, através de um contacto na Brigada Anti-Banditismo da Guarda estabelece que o posto não pode ser abandonado, sob pena de não pagamento e multa avultada.

Claro que podia ser verdade; o gajo podia mesmo ter a sogra doente – se porventura se tivesse casado desde a última vez que o vi, há umas duas semanas na Gata Perfumada, um clube de strip para os lados da Doca de Santos –, mas o cheiro a destilado de qualidade que dele emanava fez-me pensar que o álcool que tivera nas mãos antes de vir ter comigo teria sido desperdiçado em fricções, e o brilho zombeteiro que lhe vi nos olhos, enquanto fingia que se desculpava, fez-me ter a certeza.

Enquanto trocávamos de lugar, disse-lhe que lamentava a situação da senhora e fiz-lhe, discretamente, uma massagem ao nariz com o cotovelo, que lhe apagou dos olhos a satisfação de me ter enganado.

Como bom profissional o tipo não tugiu nem mugiu, deixou-se cair no chão, agarrado ao nariz ensanguentado, enquanto me olhava com fúria, mais por ter sido apanhado do que por aquilo lhe ter doído por aí além.

"Então adeus, ó marmelo. Dá cumprimentos à sogra, quando for a hora da visita. Eu vejo-te daqui a uns dias, se me lembrar do sítio onde estás", murmurei entre dentes, enquanto me afastava, empurrando o carrinho de supermercado, periclitantemente cheio de roupa velha e tralha inútil, que tinha sacado a um ACSantos antes de começar a vigia.

Não se pode dizer que seja um emprego com futuro, mas não é que um tipo recém-chegado do Afeganistão, desmobilizado e com um bacharelato em geologia, possa recusar muitos trabalhos.

Falando alto comigo mesmo e insultando quem que por mim passa, vou-me chegando ao sítio onde deixei o carro - uma rua sossegada nas traseiras do local onde passei os últimos dias. Ao chegar, vejo o meu velho Picasso 4x4 – selado e amarrado com correias, como se fosse um vulgar pacote postal – já no cimo de uma carrinha de reboque da Guarda que segue na direcção do Areeiro.

Ainda grito, "É-la! Olhe que o carro é meu", mas, considerando como estou vestido, talvez até tenha sido bom

que não me tenham ouvido, ou poderiam ter parado o reboque para me aplicarem um enxerto por vagabundagem, mais rapidamente do que teria sido capaz de me identificar.

Escondo o carrinho num lote devoluto que parece servir de lixeira às muitas obras em construção na zona, esperando encontrá-lo no mesmo sítio quando for novamente o meu turno, e apanho o metropolitano para casa, por entre exclamações de desagrado pelo peculiar perfume que de mim dimana.

Uma hora e quarenta e cinco minutos mais tarde — incluindo uma hora de paragem num túnel, por causa de mais um estafermo que tomou a saída do terceiro carril em plena hora de ponta —, estafado, cheio de fome e com vontade de me enfiar na cama, meto, finalmente, o polegar à maçaneta da porta para o leitor me deixar entrar.

Largo, na cozinha, o saco de lona com as notas e fotografias que tirei, e vou para a casa de banho para me livrar da roupa e do cheiro a suor e a lixo.

Quando passo pelo quarto, ouço suspirar e penso que a Céu deve ter decidido começar o fim-de-semana mais cedo e ficar no choco. Sendo modelo fotográfico, e trabalhando por conta própria, pode dar-lhe para essas coisas.

Abro a porta para a avisar que cheguei e que vou só meter-me debaixo do chuveiro, e dou de caras com a minha namorada que, tão vestida como no dia em que nasceu, geme com deleite, enquanto um tipo, com físico de nadador olímpico, lhe chega por trás.

Ela abre os olhos com a deslocação de ar provocada pela porta e, na penumbra dos estores corridos, vê-me ali especado: uma figura vestida com um sobretudo enlameado e calças escuras cheias de manchas, com os pés enfiados em sapatos com as biqueiras abertas, o cabelo desgrenhado e gorduroso e a barba postiça cheia de pó. Lança um grito, enquanto tenta, inutilmente, esconder-se atrás de um lençol e empurra o outro de encontro à cabeceira da cama.

Apesar de me ter visto sair de casa mais ou menos nas mesmas condições, tenho a sensação que não me reconheceu imediatamente e eu pareço estar apático, ali parado sem nada dizer e sem saber o que dizer.

Entretanto o nadador, vendo que não estou armado, põe em marcha os neurónios e decide armar-se em cavaleiro andante. Com os pendericalhos a fazer de estabilizador, atira-se a mim de cima do colchão, qual vingador em pelota.

Mas eu só pareço apático, não o estou realmente e, francamente, depois de passar várias noites a dormir na rua, com o começo de dia que tive, a minha paciência já está para além da reserva. Desvio-me no último momento, rodo o tronco e dou-lhe uma ajudinha com o antebraço no cachaço, que o envia contra a parede, onde bate e ao longo da qual escorrega até ao chão, aparentemente sem vontade de se voltar a levantar.

A Céu parece, finalmente, reconhecer-me e, com aquele ar de inocência fingida que se vai buscar não sei onde em

momentos como este, diz: "CáBé, querido, não o esperava
tão cedo", faz beicinho, esboça um sorriso e deixa cair o lençol

que a cobre, ao mesmo tempo que endireita as costas,
estica o peito e dobra as pernas, numa pose sensual tirada
de alguma sessão fotográfica. "Sabe, isto não é o que
parece; o Quim e eu só estávamos a...

Eu interrompo-a com um gesto ao mesmo tempo que fecho
os olhos, numa tentativa de afastar a dor de cabeça que
sinto aproximar-se a galope. Massajo a cana do nariz,

"Céu, querida, não sei o que estavam a fazer, nem me
interessa. Eu vou para o chuveiro, onde conto passar um
bocado; quando sair espero não vos ver. Leva o que
quiseres agora, depois vens buscar o resto. Adeus."

Voltei costas e fui para a casa de banho, antes que ela
pudesse dizer fosse o que fosse. Ainda a ouvi chamar-me,
num tom choroso tão bem ensaiado que lhe poderia valer
um prémio de interpretação, mas não lhe liguei e tranquei a
porta.

Só quando já ia a meio do duche é que me lembrei que o
apartamento é dela.

✿ ✿ ✿ ✿ ✿

Mesmo estando em sua casa, a Céu achou por bem não ficar
à minha espera.

Quando acabei de esfregar a porcaria entranhada, enchi dois sacos de nylon enormes estampados com o logótipo de um costureiro famoso e a coroa de fornecedor da casa real, que encontrei no meio das coisas dela, com tudo de meu que lá coube e que tinha interesse em conservar, apaguei as minhas impressões digitais da base de dados do apartamento e fui, mais uma vez, apanhar o metropolitano para o parque de apreensões da guarda onde, através do meu contacto na BAB, consegui recuperar o carro sem ter de pagar cheta.

Atirei com os sacos para o assento de trás e fiz-me à estrada em direcção a Sintra e Almoçageme, para o que seria um fim-de-semana calmo de espeleologia, com que sonhava, obcecava melhor dizendo, desde a minha mais recente visita à gruta d'Adraga.

✿ ✿ ✿ ✿ ✿

Passa pouco do meio-dia quando chego à entrada superior das grutas, no promontório que fica antes da praia da Adraga, onde fica mais uma entrada.

O tempo está perfeito para este terceiro fim-de-semana de Maio mas, apesar disso, há apenas alguns surfistas que aproveitam as muitas ondas que chegam à praia.

Deixo o carro na concavidade que esconde o acesso e tapo-o com ramos tirados das poucas árvores e arbustos dispersos aqui e ali sobre o pequeno planalto - apesar de raramente passar por ali alguém, sempre tem dentro tudo o que possuo.

Visto rapidamente um fato de neoprene e por cima um macacão de cânhamo, para não o rasgar até chegar à lagoa. Carregado com o tanque, as barbatanas e provisões, duas cordas, os picos, ganchos e restante material ponho-me a caminho.

Consigo chegar à primeira plataforma, ao fim de trinta minutos de esforço suado, e depois desço o resto em rapel até à base, após lá ter feito chegar a carga.

Vista de baixo, a caverna onde me encontro mostra bem o seu tamanho já apreciável. A nave terá umas quinze braças de comprido, por dez ou doze de largo, por cinco ou seis de altura — está tudo medido e registado, mas não me lembro das medidas exactas. Não é um salão bonito ou muito recortado, como os que se podem encontrar noutras grutas da Península, mas podia ter muito melhor aspecto se não fossem os visitantes indesejáveis que aqui vêm quando a passagem inferior se abre, a cada maré baixa.

A patente falta de respeito pelo património geológico que isso representa aborrece-me sempre, mas tento não pensar nisso enquanto espalho a minha tralha sobre uma das rochas. A luminescência do tecto e a fraca luminosidade que chega através do canal que vem do mar, ainda que parcialmente coberto pela maré, permitem-me manter a minha lâmpada Scurion a baixa intensidade.

Enfio numa sacola impermeável aquilo que me parece poder precisar, faço um monte com o que decido deixar para trás, num sítio onde sei que a maré não chega e ponho-lhe uma pedra em cima por segurança. Com a sacola a tiracolo, nado em direcção ao extremo da caverna, onde fica a segunda das aberturas feitas por acção do mar — esta acessível apenas por um sifão, atrás do qual algo me diz estarem outras cavernas ainda por explorar.

Na verdade, não sei bem onde fui buscar esta sensação, mas desde há um tempo que não penso noutra coisa. Já antes aqui estive à procura de uma entrada, mas sem sucesso; o tempo e as condições do mar não me permitiram encontrá-la. Desde essa altura, porém, pensei em voltar a todos os momentos livres do dia, como se encontrar novos salões na gruta d'Adraga fosse a coisa mais importante da minha vida.

O ridículo da situação faz-me abanar a cabeça e encolher mentalmente os ombros. Como se não tivesse mais nada em que pensar.

Cruzo sem esforço através das águas escuras, os LED de intensa luz branca, que tenho na frente do capacete, iluminando perfeitamente o meu caminho, ainda que bastasse seguir a corrente que se forma entre as duas entradas da gruta para ir ter onde quero.

Quando chego à abertura, com um diâmetro de pouco mais do que uma vara e meia e já quase totalmente submersa na maré que sobe, cravo o pico na parede exterior, para me servir de apoio, antes de deixar que a água me sugue para dentro do túnel.

Ligo o sonar para melhor poder seguir o caminho no monitor que tenho no pulso, mas a geringonça recusa-se a deixar-me ver seja o que for.

Avanço lentamente com a ajuda do gancho que trouxe comigo, procurando resistir à força da corrente que, ora me empurra para dentro, ora me puxa para fora com o ir e vir das ondas.

Numa progressão tacteada colo-me às paredes do túnel, e procuro, com o foco da lanterna, algo que me pareceu ter sentido, mais do que visto, da primeira vez que por aqui passei, há uns tempos.

Quando vejo o túnel abrir-se para a bacia exterior sei que já avancei demais e percorro a distância em sentido contrário.

À terceira passagem, quando já começo a pensar que o instinto talvez me tenha enganado e que a minha obsessão talvez esteja a precisar de tratamento, encontro o que procuro, não na parte superior do túnel, como julgava, mas no quadrante inferior esquerdo. A maré estava a empurrar para fora quando lhe passei por cima e senti, suave mas distintamente, o movimento de uma nova corrente vinda de baixo.

Com ajuda do pico, empurro-me para o fundo e descubro uma abertura pouco mais larga do que os meus ombros, escondida por uma quase laje, inclinada a quarenta e cinco graus, que se diria uma porta saída da parede do túnel.

Ilumino a entrada e o novo túnel com a lanterna do capacete, mas não consigo distinguir peva. A rocha é negra e o espaço demasiado estreito.

Decido, ainda assim, avançar, como tinha planeado. A largura exígua do espaço, porém, obriga-me a alterar a forma como transporto a carga.

Encosto-me à laje e prendo a sacola que tenho a tiracolo com a corda que tenho à cintura, que desenrolo e seguro a um dos mosquetões do meu cinto, deixando a sacola cair aos meus pés. Depois, tiro a garrafa das costas, seguro-a nas mãos e empurro-a à minha frente ao seguir a corrente da onda de enchimento, que me leva durante algumas braças, antes de ter de começar a dar às barbatanas.

Após uma primeira curva cega descendente, quase a noventa graus com a entrada, o túnel desce num declive mais suave, para a esquerda e para dentro. Afasto-me, assim, da linha da costa para entrar mais profundamente na rocha.

Ao fim de alguns minutos de percurso desimpedido, primeiro a descer e depois quase a direito, na altura em que o indicador de volume do tanque me diz estar a chegar a metade da capacidade, quando já pensava que teria de regressar, e pouco antes de me perguntar como diabos iria dar a volta, o túnel chega ao fim.

Na mesma altura, o sonar decide finalmente funcionar e dá sinal de caminho impedido, quase ao mesmo tempo que a lanterna me deixa distinguir a parede de rocha escura que se ergue, abruptamente, à minha frente. Ainda tenho tempo para me sentir néscio, por ter acreditado que haveria aqui qualquer coisa, antes de me aperceber de uma abertura na parte superior. De forma arredondada com pouco mais do que o diâmetro de uma tampa de esgoto assinala não só o fim do túnel, como também o do meu percurso subaquático.

O feixe de luz da lanterna mostra-me que a superfície da água está pouco acima do nível da abertura.

Ainda dentro de água, tiro a máscara e o bocal e, juntamente com

com o tanque, empurro-os para a plataforma, içando-me em seguida.

Sentado na borda, passo os olhos pelo espaço que a lanterna me deixa ver, enquanto vou puxando pela sacola.

É uma caverna pequena, um mero poço cavado na rocha que, em diversas alturas, deve ter estado submerso, a julgar pelas diferentes linhas de água marcadas nas paredes. O ar é respirável, cheira um pouco a bafio, mas nada que me pareça preocupante.

Parte da explicação talvez esteja na abertura que, a perto de uma braça de altura, entre a primeira e segunda linha de água, dá passagem para outra caverna maior que, essa sim, parece interessante. Dentro de mim tenho a certeza de ir encontrar ali o que procuro.

Num crescendo de impaciência, calço as botas que tiro da sacola e ainda penso em vestir o fato-macaco, mas depois volto a guardá-lo juntamente com o pico, o gancho e os óculos de mergulho, que decido não deixar ao pé das barbatanas e do tanque, não vá haver alguma piscina interessante nesta nova caverna.

Ponho a sacola a tiracolo, volto a enfiar na cabeça o capacete e subo para o parapeito da abertura com ajuda do relevo da parede.

A caverna que, em declive, se abre à minha frente surpreende-me pela sua beleza inesperada.

Pelos meus cálculos, estou por baixo da gruta superior — enfim, ligeiramente para a esquerda, se quiser ser exacto — e a cerca de trinta braças de profundidade, no coração do promontório.

De tamanho muito respeitável, o salão faz jus ao nome e espraia-se por umas boas setenta e cinco braças de comprimento e umas vinte e cinco ou trinta de largura. O pé direito é de umas impressionantes quinze braças.

Sinto-me como se estivesse na sala das colunas de um templo antigo, tal é o número das que se erguem entre chão e tecto, sem que, mesmo assim, o salão pareça menos espaçoso.

Em condições normais, a lanterna teria dificuldade em iluminar mais do que umas poucas braças à minha frente, mas aqui parece quase nem ser necessária. Na verdade, dir-se-ia que o salão está cada vez mais iluminado, como se houvesse um regulador de intensidade da luz em qualquer parte e o estivessem, lentamente, a levar ao máximo. O que, naturalmente, é impossível.

Noto que a claridade parece intensificar-se de forma exponencial nos sítios para onde dirijo o feixe da lanterna e decido fazer uma experiência.

Desligo-a e aguardo.

A claridade continua a espalhar-se durante algum tempo, como que empurrando a escuridão para fora da gruta. Mas, depois, parece perder força e o negro da noite troglodita contra-ataca, voltando, lentamente, a reconquistar terreno, até ocupar, novamente, todo o salão, com excepção de uns pequenos focos de fraca fosforescência espalhados por toda a caverna, mas mais concentrados numa área à minha direita.

Mantenho a lanterna desligada e dirijo-me para lá, chapinhando na fina camada de água que cobre o chão da caverna.

Numa depressão do acidentado solo da gruta, rodeada por seis colunas de largo perímetro e relevo, encontro uma

enorme colónia do que parecem ser líquenes, embora de um tipo que não me recordo de ter visto antes.

A fosforescência tem origem nestes grupos de fungos que, de um amarelo alaranjado muito sumido, dir-se-ia pulsarem fracamente, alternando entre pouca e nenhuma cor. Os períodos a negro aumentam a cada novo intervalo, como uma célula de energia a queimar os últimos vátios de uma pilha.

A tremer de excitação sem saber bem porquê, sento-me num dos pedregulhos espalhados pelo terreno e espero. Quando a escuridão é completa, volto a ligar a lanterna e aponto-a aos líquenes.

O que se passa a seguir é, no mínimo, estranho. Ainda acalentava a esperança que as flutuações de luminosidade fossem resultado de alguma alucinação devida à má qualidade do ar ou causada por uma mistura adulterada na garrafa.

O que vejo, porém, ultrapassa qualquer alucinação psicotrópica.

Ao serem atingidos pelo feixe de luz, os líquenes parecem sorver-lhe a luminosidade e reflecti-la ampliada, como os espelhos na lanterna de um farol. O foco exponencial daí resultante passa de líquen para líquen, de grupo para grupo, de colónia para colónia, alastrando lentamente a todos os líquenes da caverna, numa progressão contínua que afasta a escuridão nas áreas que circundam as colónias e deixa a caverna francamente iluminada.

Em todos os meus anos de espeleologia, terrestre e subaquática, com grutas e cavernas exploradas em três continentes, nunca vi nada parecido.

Nem nunca ouvi falar de nada semelhante.

Um fungo que não só reflecte a luz como também a amplia deve valer umas massas, digo de mim para mim. Imagine-se só a poupança de energia resultante da instalação de culturas destes fungos, em casas e empresas. E, considerando que os fungos se multiplicam como, bem, como fungos, os custos de produção seriam quase nulos; penso ainda, enquanto imagino os meus problemas pecuniários a desaparecer em progressão geométrica.

Porém, acorre-me subitamente, terá de se encontrar uma forma de impedir a multiplicação das culturas vendidas, senão acaba-se o negócio.

Decido que esse é um problema para resolver depois, e recolho cuidadosamente, com ajuda da faca que trago presa à coxa, um grupo de líquenes que, depois, enfio dentro de um dos maiores sacos de plástico para amostras que trago na sacola. Reparo, com satisfação, que o transplante não parece afectar a colónia, que ilumina, alegremente, o interior da sacola de lona — pelo menos enquanto lhe chegar alguma luz do exterior.

Com um sorriso de orelha a orelha, vendo já a quantidade de dinheiro que vou ganhar, e dando graças à obsessão que não me deixou esquecer este lugar, passo os olhos, distraidamente, pelo espaço que me rodeia, agora muito menos interessado do que há alguns minutos, ainda com a sensação de que me falta qualquer coisa e que os fungos não seriam a razão da minha obsessão.

A caverna continua a ser de uma beleza rara, inexplorada e, provavelmente, com um potencial científico imenso, mas para além da sensação de me faltar qualquer coisa, eu agora só consigo pensar nos líquenes e em encher a carteira com os lucros da sua produção e venda.

O objectivo que, oficialmente, me trouxe hoje aqui, a esperança e o gozo de encontrar algo mais do que o conhecido e recolher amostras para vender à Faculdade de Ciências, por aquilo que agora me parecem uns míseros cobres, deixou de ser relevante.

Não conseguindo concentrar-me, ponho, novamente, o saco a tiracolo e começo a rodar para me ir embora quando o anseio que me trouxera aqui e que a descoberta dos líquenes parecera satisfazer volta novamente e em força.

Pelo canto do olho, apercebo-me de uma formação rochosa estranha, que emerge de uma pequena poça de água quase escondida por uma grande colónia de líquenes — na verdade, pela maior colónia de líquenes da caverna.

Num estado de agitação crescente, aproximo-me para ver melhor.

No meio de uma caverna em rocha calcária onde serei, talvez, o primeiro a entrar, aquilo para onde estou a olhar parece um pedaço de vidro fundido.

Na forma de um poliedro de seis lados – como um cristal de quartzo –, mas com arestas suaves, quase arredondadas, o objecto terá, sensivelmente, o tamanho da minha cabeça; embora seja difícil dizer com exactidão, pois parece parcialmente enterrado.

Com o pico, afasto os líquenes que o escondem sem se lhe agarrarem – ao contrário do que acontece com as rochas da caverna – e confirmo que o objecto está enterrado. Ou melhor, parcialmente coberto, uma vez que a formação que o suporta é uma estalagmite em crescimento.

Considerando o tamanho da estalagmite, se o poliedro desce até ao nível do chão ou continua para além dele, é um colosso!

Interrogo-me sobre que tipo de mineral possa ser mas, pela segunda vez em poucos minutos, não consigo dar-me uma resposta.

Não sei, sequer, como veio parar à gruta, quanto mais o que seja.

De cor escura, negro aparentemente, o material parece muito denso e, ao contrário do que acontece com os líquenes, não reflecte qualquer luz; parece antes absorvê-la completamente, tendo apenas uma espécie de aura – como as ondas de calor que se elevam de uma superfície quente.

Porém, a superfície do sólido aparenta estar fria ao toque das minhas luvas. O objecto é, além do mais, perfeitamente liso, não tem qualquer relevo ou marca à vista; o que me lixa um bocado as contas, pois não gostava de ser eu o primeiro a arrancar-lhe um pedaço.

Mas, enfim, que seja pela glória da Ciência – para já não falar no que isto pode acrescentar à minha conta bancária, se se tratar de um mineral novo e eu gerir bem as coisas.

Com o pico, faço uma primeira tentativa de encontrar um ponto de fractura, mas sem sucesso.

O objecto resiste a todas as tentativas de recolha de um fragmento. Podia ter estado a fazer-lhe festas com uma pena que o resultado teria sido o mesmo.

Frustrado, cansado e suado, embora estranhamente excitado, quase como um adolescente numa primeira saída com uma rapariga, após quinze minutos de esforço contínuo, maldizendo a sorte que há pouco julgava estar a bafejar-me, sento-me encostado à estalagmite, a pensar no que hei-de fazer.

Tiro o capacete e ponho-o em cima do objecto, quase no limite da guia que o prende ao fato. Descalço as luvas, pouso o pico ao meu lado e abro mais uma vez a sacola, que ainda tenho a tiracolo, para tirar uma entalada de queijo e ovo e uma garrafa de plástico com água.

Tentando controlar a minha ansiedade, como distraído a entalada olhando para o espaço à minha volta, duplamente iluminado pelo foco da lanterna e pela luz reflectida pelos líquenes, quando vejo algo que me faz, novamente, louvar a minha sorte.

Caído junto à base da estalagmite, quase coberto pelos líquenes, está outro objecto, mais pequeno, mas em tudo o resto, aparentemente, semelhante ao primeiro.

Sem sair do meu lugar, pego no pico e afasto a cobertura de líquenes, pondo a descoberto o que é, nitidamente, um fragmento do mesmo material — como comprovo tentando riscá-lo, também sem resultado.

Afinal parece que parte.

Pensando em que raio de força, ou jeito, ou os dois, terão sido necessários para o conseguir, seguro o pão entre os dentes e estendo a mão para o apanhar.

Ainda penso que não tenho as luvas calçadas e que talvez não seja boa ideia tocar naquilo com as mãos nuas, mas depois toco mesmo e, como se diz sempre em casos deste género, tudo se passa muito rapidamente.

EM TRÂNSITO

Mal a minha mão se fecha sobre o sólido de cristal, este, literalmente, deixa de o ser. À falta de melhor imagem, derrete como um gelado ao sol.

Nessa forma mais plástica, como que dotado de vontade própria e inteligência, envolve a minha mão como uma luva, cobrindo-a completamente, da ponta dos dedos até meio do antebraço — nem sequer deixando de fora o Rolex em titânio e platina que herdei do meu pai e que, há anos, me acompanha.

Olho espantado para aquilo, sem saber o que fazer; como se estivesse a olhar para a mão de outro ou a ver um documentário sobre bizarrias da natureza. Estranhamente, porém, não me sinto minimamente em perigo ao ter a mão envolta por uma película de material desconhecido, que há bem pouco juraria ser um tipo de rocha; quando estas são incapazes, por natureza, de se metamorfosearem em luvas. Na verdade, há mesmo uma calma estranha que me domina, como se tudo o que fiz até aqui nada mais tivesse sido do que o caminho para chegar a este momento.

Reparo, distraidamente, que o material que tão justamente me cobre a mão é, afinal, de cor arroxeada e não negra, como parecia quando o julgava um cristal.

Flexiono os dedos, fecho e abro a mão, rodo o pulso; executo todos os movimentos sem problemas e sem que a película oponha qualquer resistência. Na verdade, se não estivesse a olhar para ela, não acreditaria se me dissessem ter a mão e parte do antebraço cobertos por uma luva feita de um calhau roxo. A sensação de toque parece ser a mesma também; pego na garrafa de plástico para o comprovar e sinto como se realmente a tivesse de encontro à pele.

De uma forma estranha, quase extracorporal, começo a habituar-me a ter a mão assim e estou a pensar se dará muito nas vistas, quando a película se divide. Ao longo do antebraço e das costas da mão, passando pelo cimo do dedo médio, e começa a afastar-se, sempre sobre a minha pele, e a convergir para um ponto no centro da palma da mão.

Consigo ainda tomar nota de que o Rolex parece mais limpinho, antes de uma sensação, absolutamente indescritível, tomar conta de mim.

Dizer que sinto dor seria a conclusão óbvia, pois aquilo que vejo deve doer certamente.

Com o mesmo desprendimento com que estive a ver a minha mão ser envolvida numa luva de rocha, oiço-me agora gritar – de surpresa, susto ou medo, talvez, mas dor, na verdade, não me parece que sinta. Embora não perceba como.

Depois de se ter reagrupado em massa, por assim dizer, na palma da mão, a coisa espalhou-se para os dedos e começou a entrar dentro de mim, passando por baixo das unhas e também, aparentemente, pelos poros da palma.

Sinto alguma coisa fria a subir-me pelo braço e vejo que os meus dedos se contraem, como os de uma mão mecânica de um filme de terror, para depois se voltarem a descontrair e a assumir uma posição mais normal.

Vejo desaparecer, dentro da minha pele, os últimos vestígios da massa roxa que antes a cobria, ao mesmo tempo que a sensação de frio me chega ao crânio e desmaio, tombando sobre o cristal.

✪ ✪ ✪ ✪ ✪

Dou por mim caído sobre a estalagmite e sinto a cabeça leve, como se acordasse de uma noite repousante.

Não vendo qualquer sinal do poliedro enorme que há pouco era envolvido pela estalagmite, ponho a hipótese de as recordações que tenho no cérebro não serem mais do que resquícios de um sonho, mas um olhar de viés à palma da minha mão esquerda rapidamente me demonstra não se tratar de uma hipótese viável.

Tenho ali uma mancha violeta em forma de dodecágono que ainda vejo pulsar algumas vezes e depois desaparecer, como que absorvida pela mão, não deixando qualquer sinal de lá ter estado.

No mesmo estado de alheamento em que me encontro desde o início deste estranho episódio, aceito, sem reacção, o ter dentro de mim um material estranho de origem mais do que duvidosa.

De repente, sinto o chão vibrar e levanto-me da posição em que estou, ainda a olhar para a mão, sem perceber como é que aquilo se enfiou lá dentro, quando reparo que a intensidade da luz ambiente está claramente a diminuir. Uma rápida olhadela ao indicador de carga da lanterna que tenho ainda presa à mão, embora esta tenha ainda o mesmo brilho de antes, confirma que a pilha não deve durar mais do que uma hora.

Estou a pensar que devo ter estado desacordado mais tempo do que pensava, quando um novo tremor abana a caverna, fazendo-me perder o equilíbrio.

Estabilizo a minha posição, na esperança que as coisas fiquem por ali, mas outros tremores se lhe seguem e algumas das colunas mais finas começam a querer dar de si.

Deito, rapidamente, a mão ao capacete que, preso pela guia, me bate nas pernas ao ritmo dos abalos e, reparando que os líquenes parecem estar a decompor-se, ou a esboroar, melhor dizendo, como uma estátua de areia seca exposta a um vento de fim de tarde, corro para a entrada.

Homem venal que sou, volto, novamente, a maldizer a sorte que há pouco louvava, enquanto me pergunto se será boa ideia enfiar-me num túnel no meio de um tremor de terra.

As colunas que começam a desabar por todo o salão respondem por mim; as minhas pernas parecem tirar disso mais vigor e ponho-me na passagem enquanto o diabo esfrega um olho.

Salto para a caverna mais pequena, aterrando ao pé do sítio onde espero encontrar a tralha que ali deixei.

Mas das barbatanas e do tanque não há qualquer sinal.

Olho à minha volta, mas nem um nem outras aparecem.

Procurando manter-me do lado bom do limiar do pânico, tento lembrar-me quanto tempo demorei a atravessar o túnel e o sifão, mas um novo e forte abalo sísmico interrompe-me os cálculos.

Pensando que mais vale morrer a tentar safar-me do que esmagado como um verme indeciso, encho o peito com todo o ar que lá consigo enfiar, coloco a máscara, amarro, mais uma vez, a sacola à cintura e mergulho de pé quando as paredes da caverna já começam a dar de si.

Consigo dar a volta no espaço exíguo da fossa de entrada e abro caminho nadando o mais rapidamente que posso, as mãos estendidas à minha frente e a sacola a arrastar atrás de mim, enquanto me pergunto porque raio é que não descalcei as botas.

Apesar da luz da lanterna, a água turva dos detritos que os sucessivos abalos telúricos têm soltado não me deixa ver quase nada à frente e, por várias vezes, evito a custo ir de encontro às paredes do túnel.

Consigo chegar à saída para o túnel que liga ao mar ao mesmo tempo que os tremores parecem estar a acalmar e, quando cruzo a passagem, deixo mesmo de os sentir.

Porém, tenho de me haver com uma corrente mais forte do que é costume, e o caudal também parece maior, como em maré-alta de dia de tempestade — só que, se bem me lembro, para todo o fim-de-semana, a previsão era de bom tempo.

Agarro-me, como posso, à laje que esconde a entrada e, sem a propulsão adicional das barbatanas, avanço desajeitadamente em direcção à lagoa interna, com o peito já a rebentar pelas costuras e sem saber a que alvéolo hei-de ir buscar a próxima molécula de oxigénio.

Quando, depois do que me parece ser uma eternidade, mas não terá passado de mais um minuto ou dois, consigo chegar à superfície e renovar o ar que tenho nos pulmões, fico com a ideia de estar numa caverna diferente daquela que deixei.

Enfim, a caverna será a mesma; mas a lagoa não. Ocupa, agora, quase toda a área do salão e tem uma profundidade muito maior — entre a superfície revolta da água e o tecto da caverna há só uma distância mínima. A saída do túnel de onde venho está totalmente submersa, e do canal que leva

ao acesso da praia já quase nem se vê o início do declive no tecto da caverna.

Nunca vi a água a este nível aqui e, pela espuma que consigo ver chegar pelo canal da praia, parece ainda estar a subir.

Mantenho-me à tona de água para me orientar e nado para o sítio onde, calculo, ainda devam estar as minhas coisas, agora completamente ensopadas e no fundo da lagoa.

Não há muito que mereça ser salvo mas, ainda assim, gostava de não perder mais nada — o tanque ainda vá, era alugado, mas já basta ter ficado sem as barbatanas, um par de AquaMaris ACME quase novas!

Ao chegar à parede que desci para chegar à praia do que era, então, a lagoa, reparo que a água está praticamente ao nível da primeira plataforma — de facto, consigo segurar-me a ela e lá colocar a sacola, antes de descer ao longo da parede para ir procurar as minhas coisas.

Enquanto as procuro, interrogo-me sobre o que poderá ter acontecido para causar esta subida, tão anormal, do nível da água. Poderá ser, apenas, o resultado de uma tempestade no mar, ou o terramoto que senti terá sido a causa? Aqui, porém, para além da subida da água para um nível fora do comum, parece não haver estragos visíveis.

Das minhas coisas não há, todavia, qualquer sinal. Vasculho o fundo da lagoa, mas nada. Frustrado, subo à superfície e iço-me para junto da sacola, a precisar de descanso.

Porém, a água, que continua a subir, impede-me de pensar sequer nisso. Entre a altura em que larguei a sacola e o ir ao fundo tentar recuperar o resto das coisas, o nível chegou à altura da plataforma e agora já a ultrapassa.

Organizo-me o melhor que posso e enceto caminho com a água a chegar-me aos tornozelos, pensando que algo de muito estranho se deve ter passado para isto estar a acontecer.

Talvez por ter menos tralha às costas, a subida não é tão complicada como a descida o foi, mas, ao chegar à saída, dou de caras com uma verdadeira muralha de silvas, que tenho a certeza não estar ali quando entrei.

Penso, imediatamente, que algum dos miúdos que estavam na praia me viu chegar e decidiu deitar mão ao carro, tapando a saída com arbustos para, ainda por cima, se divertir às minhas custas.

Enfurecido, empurro os arbustos com o pico, esperando afastá-los, mas sou surpreendido pelo facto de estarem enterrados no solo. Sem perceber como isso pode ser, consigo forçar caminho a custo, trazendo a tralha atrás, e desemboco do lado de fora de uma espessa muralha de arbustos e silvas - um sítio muito diferente daquele que esperava encontrar.

✡✡✡✡✡

Em vez do planalto meio careca onde deixei o carro, vejo-me no meio de densa vegetação, onde, além dos enfezados pinheiros mansos de sempre, há também castanheiros enormes, abetos, carvalhos, e uma série de outras espécies que não conheço, todas curvadas e retorcidas sob a força do vento impiedoso que oiço uivar sobre mim.

Esta floresta instantânea que se desenvolveu enquanto estive debaixo de terra é tão compacta que há mesmo casos de árvores enxertadas umas nas outras; o tronco de uma bétula que se une e quase atravessa o de um pinheiro, um pinheiro numa relação siamesa com uma nogueira, e por aí fora, sem seguir qualquer ordem ou plano aparente.

Mas o pior de tudo é o frio. A temperatura passou dos amenos vinte e seis graus que estavam quando entrei, para valores certamente negativos, visto que neva forte e feio.

No meio da confusão vegetal, enquanto me pergunto se não estarei a ter um pesadelo algures no fundo da caverna, cerro os maxilares para não tremerem e procuro, ansiosamente, com o olhar o Picasso e roupas quentes para substituir o fato de mergulho.

✿ ✿ ✿ ✿ ✿

Como em reacção ao frio que toma conta de mim, porém, sinto um frémito na mão e vejo alastrar a partir dela uma fina película violácea que, em poucos segundos, me cobre do pescoço aos pés num aconchego muito semelhante ao de um bom cobertor.

Afinal, sempre serve para alguma coisa o meu hóspede, noto casualmente, como se se tratasse da coisa mais natural do mundo.

Assim protegido, reinicio freneticamente a busca pelo 4x4, mas, por mais que procure, não vejo sinal dele. É como se se tivesse volatilizado, ou como se cada uma das múltiplas peças que o compõem tivesse sido transformada, por algum feiticeiro louco, numa das árvores que agora cobrem este sítio.

Apesar de o problema do frio estar, aparentemente, resolvido, recolho lenha e faço uma fogueira, ao pé da qual coloco o fato de mergulho e as botas a secar.

Nu, coberto por uma película violeta, descalço e armado com o pico que tiro da sacola, faço um reconhecimento alargado da zona.

Tomando como certo que a costa continua do mesmo lado em que a deixei antes de entrar na caverna, embora a vegetação seja tão densa que a não veja, começo por tentar descobri-la.

Abro caminho com as mãos e com ajuda do pico, afastando arbustos num labirinto cerrado que parece nunca ter sido visitado por um ser humano.

Quase tropeço na borda da falésia.

Enfim, do que era a falésia quando aqui cheguei.

A vegetação é cerrada mesmo até à borda do penhasco, o que me impede de a ver; mas, em vez de essa borda preceder uma descida a pique de vinte braças até nível do mar, agora está pouco acima do nível do mar.

Um mar revolto, agitado pelo mesmo vento forte que verga as árvores e me empurra para terra, de encontro à vegetação torcida e emaranhada que parece sofrer há muito os seus efeitos.

A água está pouco abaixo do chão no ponto alto onde me encontro, e entra, decididamente, terra adentro nas zonas mais baixas a sul. No entanto, apesar da diferença no nível das águas, a linha de costa mantém características suficientemente semelhantes às que recordo para me permitir concluir, com algum alívio, que não fui transplantado para nenhum outro planeta.

Ainda estou na Terra.

Ainda estou no sopé da Serra de Sintra.

Mas continuo sem perceber o que me aconteceu.

✿ ✿ ✿ ✿

A verdade é que só vejo uma hipótese; por mais improvável que possa parecer... Mas, nas palavras imortais já não recordo de quem, depois de se afastar o impossível, o que resta, por mais improvável, deve ser a verdade.

Esta mudança, que a mim me parece súbita, do terreno que me rodeia; a subida incrível do nível do mar, impensável nas poucas horas que decorreram desde a minha chegada; forçam-me a concluir que, ou estou a sonhar ou, de alguma forma, o calhau maleável que se enfiou na minha mão deve ter-me transportado no tempo, para um período da vida da Terra em que a flora cresça desregrada e o clima seja mais agreste.

Ainda que pareça absurdo dizê-lo, para além de um sonho ou pesadelo que a razão me leva a considerar cada vez mais distante, não vejo que outra hipótese considerar, tendo em conta o tempo que tenho a sensação de se ter passado — ao pensá-lo, lembro-me que o tenho no pulso e olho para o relógio, pela primeira vez desde que isto tudo começou, querendo confirmar as horas que efectivamente são e, contra todas as evidências, provar o engano da hipótese, mas parou. Uma sacudidela com o pulso faz-lhe retomar o movimento, mas como não sei se parou há cinco minutos ou há mais tempo, não faço ideia de que horas sejam.

Tentando ainda não ceder ao absurdo, tento contrapor que um cristal de rocha, por mais estranhas que sejam as suas propriedades, não poderia ter este efeito.

Olhando novamente para o relógio e para a película que me cobre, penso ainda que talvez uma viagem no tempo não seja a descrição mais correcta do que me aconteceu. Enfim, pelo menos não uma viagem entendida em sentido diferente daquele dado à que fazemos a cada dia que passa.

Apesar de eu não me ter apercebido disso, durante o meu desmaio talvez se tenha passado mesmo muito tempo, e eu tenha sido mantido numa espécie de hibernação – o que justificaria o mecanismo parado do relógio e provavelmente as mudanças radicais que tenho encontrado desde então.

Mas, se foi assim, quanto tempo se passou, para não haver sequer restos das coisas que deixei para trás? E porque não me cresceram nem barba, nem cabelo, nem tão pouco as unhas, o que, mesmo num qualquer estado de suspensão deveria acontecer? Ou não...

Incapaz de encontrar uma explicação para o que me aconteceu, decido deixar de pensar em seco e dar uma volta ainda maior, para tentar conseguir mais informações.

Regresso à entrada da caverna, onde aguardo que a fogueira enxugue o meu fato e as botas, e depois visto um e calço as outras. Resolvo, ainda, vestir o macacão de cânhamo por cima do fato, não vá a minha luva de corpo inteiro decidir retrair-se e deixar-me sem protecção neste clima agreste.

As minhas magras posses, além do saco de plástico com líquenes – agora secos e quebradiços, que me apresso a deitar fora amaldiçoando ainda a minha sorte madrasta – do Rolex, da sacola e do que tenho vestido, são compostas de uma corda com cinco braças de comprimento, um pico e um gancho, uma faca e um cinto de mergulho com pesos em chumbo, três pontas de arpão em aço, um par de óculos de mergulho, uma pulseira sonar de funcionamento duvidoso, um capacete em plástico e alumínio, duas lanternas Scurion, uma entalada de torresmos e alface, e três tabletes de figo e alfarroba,

Este levantamento diz-me que, se não encontro depressa alguém ou o caminho para fora deste pesadelo, vou passar fome.

Aproveitando as pontas de arpão que encontrei num dos bolsos interiores da sacola, corto, com a serra da faca de mergulho, três hastes de uma espécie de arbusto alaranjado que cresce um pouco por todo o lado, desbasto-os pela minha altura e, com fio de nylon, fixo um tridente a cada uma das pontas.

Pelo menos, posso tentar caçar alguma coisa, penso optimista enquanto como a entalada de torresmos.

Coloco na cabeça o capacete, e prendo aos mosquetões do cinto os picos e o gancho, enfio o resto das minhas magras posses na sacola, que coloco a tiracolo, e assim armado e equipado, ponho-me a caminho, seguindo na direcção que, sob um céu de chumbo escondido por densa ramagem, calculo ser a localização da vila de Almoçageme.

Com um pouco de sorte, supondo que a teoria da viagem no tempo seja verdadeira, pode ainda haver uma povoação no mesmo sítio.

✿ ✿ ✿ ✿ ✿

Sou apanhado pela noite, que cai subitamente no interior da densa floresta, e forçado a encontrar um sítio onde dormir.

Não sabendo que tipo de fauna esperar nesta Serra de Sintra tão estranha, e não querendo arriscar-me a um mau encontro, escolhi um ramo alto e grosso de uma das árvores maiores e menos curvadas, encostei-me ao tronco, ao qual me amarrei e, apesar do constante uivar do vento, acabei por adormecer com a esperança de não acordar transido de frio, ou a servir de refeição aos animais que ouvi rugir, urrar e rosnar durante a noite.

✿ ✿ ✿ ✿ ✿

De manhã, para poupar as magras rações que me restam, tentei encontrar alguma coisa para comer, mas nada vi que me parecesse comestível. Tirando umas quantas nozes e castanhas raquíticas, os frutos há muito que foram recolhidos pelos animais que deles se alimentam durante o Inverno em que o Maio de onde venho se parece ter transformado.

Pus-me novamente a caminho, avançando por entre o caos de troncos das árvores maiores, que servem de colunas a uma abóbada quase ininterrupta, sob a qual crescem árvores mais pequenas, silvas e outros arbustos espinhosos. O chão está coberto por musgo, aqui e ali por montículos de fungos variados e, de quando em vez, em zonas mais abertas há concentrações de arbustos frutíferos – amoras silvestres, framboesas, groselhas e arandos – infelizmente sem fruto.

O céu mantém a mesma cor de chumbo de ontem, e o vento está tão intenso como sempre.

Encontrei alguns animais pequenos; esquilos e marmotas, que deixei em paz, na esperança de deparar com uma povoação. Por duas vezes, porém, achei melhor subir a um tronco quando senti aproximar-se qualquer coisa maior.

Na primeira dessas vezes eram apenas dois porcos adultos com quatro leitões – com a particularidade interessante de os dois adultos terem presas, semelhantes às dos javalis, embora a cor da pele fosse rosada, como a dos porcos domésticos, e coberta por longa pelagem esbranquiçada.

Da segunda vez, todavia, o que vi surgir de detrás de um carvalho particularmente curvado, fez-me ficar agradecido por avançar contra o vento e por os canídeos não serem grandes trepadores de árvores.

Cinco lobos grandes – enormes mesmo; da posição em que estava pareceram-me ter, seguramente, mais de uma vara de altura – saíram ao caminho com ar de quem anda à caça.

O maior deles, um gigante de pêlo cinzento com a cauda branca, farejou o ar procurando sentir a presa. Rondaram a árvore onde eu estava empoleirado, sem, todavia, mostrarem muito interesse em descobrir o que escondiam os seus ramos. Depois, ouviu-se um silvo agudo e o gigante prosseguiu em direcção à costa, em trote acelerado, com os outros quatro a seguirem-no de perto.

Deixei-me ficar alguns minutos onde estava, antes de descer, não fossem eles voltar.

Quando já me tinha posto novamente a caminho, ao recordar a imagem dos lobos a rodearem a árvore, vi, em memória, algo que não tinha reparado ao vivo: traziam coleiras em couro.

Pensava nas implicações disto quando, ao longe, os oiço rosnar; som logo seguido de rosnares de resposta, mais profundos e roucos – um animal maior, talvez –, e do que me pareceram gritos humanos.

Indeciso sobre o que fazer, hesito alguns segundos antes de correr na direcção do ruído com uma das lanças na mão direita, pronta a atirar, e as outras duas preparadas, na esquerda.

O ruído típico de uma batalha torna-se cada vez mais próximo e absorve a minha atenção. Progredindo rapidamente, tento descobrir onde se batem.

De repente, sinto, mais do que vejo, um vulto que se aproxima vindo da direita e que salta sobre uns espinheiros, chocando comigo e atirando-me contra o tronco de um pinheiro antes de eu o poder evitar, fazendo cair o capacete que trago na cabeça, e indo cair mais adiante, depois de umas cambalhotas desamparadas que o deixam estendido no chão, aparentemente desacordado.

Pelo tamanho parece um miúdo, mas é difícil ter a certeza pois traz uma capa sobre os ombros que, ao cair, lhe fica estendida por cima, cobrindo-o quase por completo.

Começo a avançar na sua direcção para o ajudar, quando oiço restolhar ramos e me volto com a lança pronta a atirar, esperando não voltar a ser surpreendido.

Dois lobos saem disparados do arvoredo, seguidos de perto por um terceiro, o gigante de pêlo acinzentado; todos eles com cortes no pêlo e a sangrar de vários sítios, mas, aparentemente, não menos aguerridos.

O primeiro hesita apenas uma fracção de segundo antes de se lançar sobre mim, com um rosnar selvagem a sair-lhe das fauces esganadas, e é seguido de perto pelo segundo; enquanto o terceiro se dirige para a figura prostrada atrás de mim.

Não sei onde arranjo tempo para pensar que talvez tivesse sido melhor ideia ter seguido o meu caminho, mas consigo, ainda assim, arremessar uma lança e acertar, apanhando o primeiro entre as patas dianteiras e dando-lhe morte imediata.

Com o outro já em salto, não tenho margem para passar outra lança para a mão direita, nem para tentar um lançamento com a esquerda, pelo que só me resta pôr um joelho no chão, enterrar a base das varas no terreno entre as minhas pernas e deixar que o impulso do animal faça o resto.

Felizmente, a sorte, por uma vez, está agora do meu lado. O salto leva o lobo de encontro às minhas lanças improvisadas e parte-as, mas, ao aterrar, enquanto eu rodo para o lado para evitar apanhar com ele em cima, é trespassado pelas farpas escoradas no terreno e tomba em convulsões, esguichando sangue sobre o tapete de musgo.

O terceiro vendo o que aconteceu aos outros, muda de trajectória e dirige-se para mim, rosnando com os dentes arreganhados. Mais cauteloso aproxima-se em dois saltos, mas não investe, em vez disso, começa a rodear-me, procurando um ponto fraco.

Sem mais armas de arremesso, resta-me apenas a faca de mergulho que trago presa à coxa. Permaneço de cócoras e mantenho contacto visual com o lobo. Com a faca na mão direita, tento atrair-lhe a atenção com a esquerda e preparo-me para o cortar e fugir para o lado quando se decidir a saltar.

Porém, ao ouvir-se novo silvo agudo, o lobo afasta-se com uma última rosnadela de aviso.

Mantendo os olhos no sítio de onde primeiro surgiram, começo a recuar para tentar ajudar o rapaz, mas sinto aproximar-se um rosnar furioso, acompanhado do estalar de ramos que se partem, o que me faz suspender o movimento e regressar à posição inicial. Deito mão à lança que ficou enterrada na carcaça do lobo, mas as barbas do arpão estão bem presas e não o consigo extrair.

Mal tenho tempo para me colocar numa posição de defesa, quando os arbustos à minha frente são ceifados de um só golpe e, de lá, surgem um gorila e um outro rapaz - sensivelmente da estatura do que está desacordado atrás de mim -, cheios de cortes e cobertos de salpicos de sangue.

✿ ✿ ✿ ✿ ✿

O gorila – se de um gorila se trata, pois nunca vi um gorila assim – traz posto um capacete em metal com abas entrançadas em couro castanho que lhe caiem sobre o pescoço e os ombros, enverga couraça e cota de malha com mangas largas até aos cotovelos, calça luvas em couro reforçado com metal e está armado com um machado de dois gumes, tingido com o vermelho ferrugem do sangue oxidado.

O rapaz tem, na cabeça, um elmo com protecção frontal que se prolonga também numas abas de couro reforçado que lhe descem aos ombros e ao peito. Também ele enverga uma couraça, semelhante à do gorila, e uma cota de malha, que lhe cobre completamente os braços, entrando dentro das grossas luvas de couro que tem calçadas. Nos pés traz um par de botas altas sobre o joelho, com espessas correias em metal e corda, cosidas verticalmente a toda a volta. Na mão esquerda empunha uma espada, também ela suja de vermelho ferrugem, e com o braço direito apoia-se num bordão de ponta reforçada a metal, procurando aliviar a perna, trespassada pela haste de uma flecha que a malha não deteve.

Ficam os dois especados a olhar para mim; e eu a olhar para eles, dizendo a mim mesmo que posso retirar o passado da minha lista de localizações possíveis e interrogando-me sobre que sítio será este, em que miúdos desta idade têm de empunhar armas e andam acompanhados de gorilas treinados e armados com machados.

A julgar pelo tamanho, o gorila também não deve ser adulto. É pouco mais alto que o rapaz, o que lhe dará, talvez, uns cinco pés, e o põe abaixo do que julgo ser a altura média da espécie.

Decorrem alguns segundos de estática indecisão, até que três coisas acontecem ao mesmo tempo: eu chego à conclusão que a minha faca de mergulho não é oposição contra um machado, especialmente nas mãos de um gorila, mesmo ferido, e decido pousá-la, levantar os braços e render-me, esperando que me entendam; o miúdo estendido no chão atrás de mim, dá finalmente sinais de vida e grita: "Drecco! Nic hun. Auteros hun avastiam", ou coisa parecida; e o gorila fala.

Com isto não quero dizer que ele tenha aberto a boca e grunhido qualquer coisa em gorilês, ou o que quer que seja a língua que os gorilas falam entre si, se a têm; não, ele falou mesmo.

"Tan! Spatta igneas, ni!" Ordenou distintamente; sem que eu tenha percebido nada, obviamente, mas o sentido da ordem e o movimento que fez com o machado eram claros: "Tu, larga esse canivete ou levas com isto."

Por esta altura já eu ia a caminho e pousei mesmo a faca no chão. Ainda em choque por ter ouvido o gorila falar, ergo as mãos acima da cabeça e ponho-me de pé, devagar, tentando parecer o menos ameaçador possível.

Os meus captores, talvez por não se terem apercebido da minha altura quando de cócoras, acompanham o movimento com os olhos, que vão arregalando de surpresa até eu me erguer completamente.

Mal acabo de me pôr em pé, quando já quase os olhos lhes saem das órbitas, cruzam os pulsos em frente da testa e ajoelham-se, os dois, à minha frente, levando depois a cabeça

ao chão com os braços sempre cruzados, e deixam-se ficar imóveis como estátuas.

Sem perceber patavina do que se está a passar, com os braços ainda erguidos e sem saber se os hei-de baixar ou não, olho à minha volta para ver se chegou mais alguém.

Mas, além do miúdo caído atrás de mim - agora tranquilamente ajoelhado no chão, alheado de tudo e procurando qualquer coisa numa bolsa em couro que tem à frente - não está aqui mais ninguém.

Resignado à estranheza de costumes dos meus captores, à falta de melhor ideia, deixo-me ficar em pé e mantenho os braços erguidos, embora a posição comece a tornar-se desconfortável.

Alertado talvez pelo mutismo daqueles que serão, certamente, seus companheiros, o outro, sem deixar de vasculhar a bolsa, inquire, em tom de alguma preocupação: "Drecco, Namiia! Vad paries?"

Mas eles não lhe respondem. Volta a insistir, agora já com alguma irritação na voz, talvez por ter verificado que só nós aqui estamos: "Namiia, ches tan digte vad paries? Ni!"

Fosse pelo tom de voz ou pelo conteúdo da pergunta, o destinatário da mesma achou por bem sair do seu mutismo:

"Qvarist, Laetti. Hun ise Qvaristun", balbucia em voz tremelicante, sem sair da posição em que se encontra.

"Daneh, Namiia. Teran sudines fed; hun ise steta gergalem, daneise pur", diz, já menos irritado. Oiço restolhar a capa de encontro às folhas secas no chão ao pôr-se em pé e, depois, os seus passos que se aproximam.

Confesso que não sei o que esperava, mas não era, certamente, o que tenho à minha frente.

Para começar, não é um miúdo.

É uma miúda; enfim, uma rapariga. De tamanho reduzido, é certo, mas uma jovem mulher ainda assim. A capa longa que tem sobre os ombros, esconde uma túnica num violeta muito escuro, de corte amplo com gola rectangular, debruada a prata e cingida por um cinto largo em cabedal cru – decorado com desenhos geométricos a verde, amarelo e vermelho – de onde pende a bolsa em que a vi mexer. Tem as pernas enfiadas numas calças justas no mesmo tecido e cor da túnica e calçadas umas botas altas, em couro, na mesma cor do cinto e da bolsa. Na cabeça traz uma espécie de boina larga, num azul tão escuro como o da capa.

A pele tem o aspecto saudável e bem cuidado de quem tem tempo para lhe dedicar. Tem o pescoço longo, rodeado por um grosso cordão em prata que lhe desaparece no decote, um rosto de uma oval perfeita, uma boca pequena, de lábios formosos e cheios, encimada por um nariz pequeno e rectilíneo. Os olhos são de um verde profundo, com pestanas compridas e curvas e sobrancelhas num belo tom ocre avermelhado. Sobre a testa e as orelhas pequenas caem-lhe farripas de cabelo que se escaparam da boina.

Em resumo, uma mulher muito bela, eu diria mesmo a mais bela que alguma vez vi. Mas que tem no rosto uma expressão que, se não é de medo, anda lá perto. Durante alguns segundos, fita-me com o mesmo olhar arregalado dos outros dois e, depois, faz o que eles fizeram, acabando na mesma posição.

Com um suspiro de enfado, baixo finalmente os braços, que começavam a incomodar-me, e decido enveredar por uma rendição mais activa, já que eles não parecem dispostos a aceitar a forma tradicional.

De joelhos, ofereço a minha mão à rapariga, tocando nas luvas que cobrem as suas, até que a vejo levantar a cabeça e olhar para mim.

Quando lhe volto a ver os olhos, aceno com a mão e digo:

"Viva, estás boa? Ouve, se não fosse muito incómodo, achas que podias aceitar a minha rendição? Vocês não parecem antipáticos, eu estou mais ou menos perdido, e talvez pudesse ir convosco para vossa casa. Que me dizes, pode ser?"

Claro que ela não percebe nada do que lhe digo, mas outra coisa não seria de esperar.

No entanto, parece genuinamente surpreendida por eu lhe falar numa língua estranha.

Ainda de joelhos, inclina novamente a cabeça e cruza os pulsos à frente da testa antes de falar, altura em que percebo, finalmente, que todos estes salamaleques me são dirigidos.

"Haro Qvaristum, ed is Laetti, copela Hiranest Matrixia Sonjie..." A partir daqui deixei de ouvir. Intrigado com o que acabei de realizar, sem perceber a razão de tais comportamentos, observo-a distraído enquanto ela continua o seu discurso incompreensível, balançando-se para a frente e para trás, procurando manter o equilíbrio na posição precária em que se encontra.

Destes movimentos resulta que o cordão de prata que tem ao pescoço se solta do decote da túnica, e passa a pender livremente sobre aquela. É um cordão bonito, grosso, um belo trabalho de joalharia que tem pendurado um frasquinho de vidro, envolto numa fina rede de prata, contendo um cristal igualzinho ao que...

Se depressa o penso, mais depressa ainda lhe deito a mão e, estando ela à minha esquerda, é com a esquerda que lhe pego. Ainda consigo dizer, "Onde é que tu..." mas o que se passa depois é uma repetição do que aconteceu na gruta — até à parte do terramoto, quero dizer.

✿ ✿ ✿ ✿ ✿

Volto a mim deitado no chão, ainda agarrado ao pendericalho dependurado do cordão que a rapariga tem ao pescoço; ela debruçada sobre mim, com uma expressão de cuidado no rosto, não sei se por me ter visto desmaiar, se por um louco a ter presa pelo pescoço.

Largo o berloque, junto as mãos num pedido de desculpas e tento levantar-me, quando reparo que os outros dois, o gorila e o ferido, saíram do seu imobilismo anterior e estão, agora, ajoelhados à minha frente; sendo que o ferido não é um, mas uma também, e que a haste de flecha que antes lhe tinha visto na perna, foi substituída por uma ligadura empapada numa mistela amarela que comprime um emplastro de folhas.

Passou-se algum tempo, portanto.

"Encontrais-vos bem, Exaltado? Vossa Senhoria perdeu os sentidos, deixando-nos muito em cuidado", diz a rapariga do berloque, acrescentando: "Necessitais de alguma coisa?"

Abano a cabeça automaticamente, antes de me aperceber.

"Espera aí, mas eu percebi o que disseste! Agora já falas português?", interrogo, ao mesmo tempo que me dou conta que, embora tenha pensado em português, o que eu disse foi: "Stasima, nod ed lacaretan! Português pelare ni?"

Ela olha para mim em sobressalto.

"Mas, certamente que me percebeis, Senhor. Vós sois Exaltado! Lamento, porém, nada sei acerca desse 'portuguésh' de que falais. Como Companheira d'Ovo e Secretária de Sua Majestade, a Rainha Sonjie, não me é requerido o conhecimento de línguas exóticas," diz segura de si; o rosto iluminado numa expressão de rara beleza, sem o mais pequeno traço de arrogância.

Ao longe, como um ruído de fundo, consigo ouvir as palavras que diz, mas os pensamentos que sinto formar-se dentro da minha cabeça correspondem a palavras em português.

Exaltado, Qvarist, foi o que ela me chamou.

"Como podes ter a certeza que sou esse, Exaltado?", pergunto, fitando-a intrigado.

Ela leva a mão à boca de espanto.

"Estais a testar-me, Senhor? Não podeis ser outra coisa, pois tendes as marcas sagradas. Permitis que toque na Vossa pessoa para Vos mostrar que não nos enganamos?"

Aceno que sim, perdido na beleza cristalina dos olhos dela.

Ela pega na minha mão esquerda com todo o cuidado e vira a palma para cima, pondo à vista o dodecágono roxo escuro com aspecto de cristal que, sem aparente relevo em relação à superfície da pele, brilha e pulsa com uma intensidade regular, provavelmente a do meu batimento cardíaco.

O meu hóspede, claro.

Onde tinha eu a cabeça; deve ser ele o Exaltado, eu sou apenas um veículo de transporte!

Mas a rapariga não se dá por satisfeita. Ao levantar os olhos para ela, vejo que tem na mão um pequeno espelho rectangular, envolvido numa moldura de couro com protecção almofadada. Entrega-me o espelho e assume, novamente,

a posição de pulsos cruzados em frente à testa, como, aliás, o fazem também os outros dois.

Presumindo não ser nas minhas costas que estará o que procuro, afasto o espelho à distância de um braço esticado e ergo-o de modo a poder ver a imagem reflectida do meu rosto.

Ali está. No prolongamento do nariz, mesmo no entremeio das sobrancelhas, com o tamanho da unha do meu polegar, outro dodecágono roxo.

Não podias ter arranjado um sítio mais discreto para abancar, penso, tomando mentalmente nota que tenho de arranjar maneira de cobrir aquilo.

"Estais satisfeito, Senhor?", pergunta, solícita, a minha interlocutora, interrompendo os meus pensamentos. "Agora que Vos mostrámos como sabemos quem sois, podemos partir em busca de Sua Majestade?", acrescenta, desassossegada.

"Espera aí pequena, o que é isso da busca?", pergunto, lembrando-me das circunstâncias do nosso encontro, dos lobos e dos ruídos de batalha que antes ouvi.

"Como certamente sabeis, o destacamento de protecção da Rainha foi atacado aqui perto, no regresso da peregrinação cíclica de purificação de Sua Majestade. A Rainha foi levada por gentes encapuzadas, embora tenhamos a certeza estarem sob as ordens do grão-duque Pfandlios — eternamente maldito seja o seu nome —, lacaio da Imperatriz Jasniie", diz, de um só fôlego. "Atacaram de surpresa, contando com a ajuda de um traidor entre nós que impediu Sua Majestade de usar os seus poderes para se defender.

Depois, levaram a nossa Rainha envolta numa manta, enquanto os Manx e os lobos ficavam para trás para acabar connosco. Eu fugi para dar o alerta, e foi quando choquei com Vossa Senhoria", diz, inclinando-se novamente e cruzando os pulsos com um ar submisso que em nada lhe diminui a beleza.

Nada do que ela diz faz qualquer sentido para mim, mas também, como poderia fazer? Porém, não tenho como recusar o pedido que me faz. Exaltado ou não, não sou eu quem tem um machado na mão.

Mas sou eu quem precisa de ajuda neste sítio desconhecido.

"Sim, bom, está bem. Vamos então", digo, resignado, pondo-me em pé.

Os outros imitam-me. O gorila desaparece imediatamente, abrindo caminho através das silvas. Regressa poucos minutos depois, trazendo na mão uma longa catana ensanguentada e uma bainha em madeira trabalhada, que me oferece depois de a limpar no pêlo de um dos lobos mortos.

"Uma arma para Vossa Senhoria. Não terá a qualidade a que estareis certamente habituados, mas era de um Manx e talvez seja, por isso, apropriada à vossa estatura", diz, numa voz profunda que ainda me parece estranha vinda da boca de um gorila.

Habituado? Se ele soubesse que nunca peguei numa.

"A propósito, se vamos fazer isto juntos, talvez seja melhor saber os vossos nomes, pode ser?", pergunto distraidamente para saber o que hei-de chamar a qual.

Um frémito parece percorrer os três, que se entreolham, até a minha interlocutora habitual falar por todos.

"Fazeis-nos, verdadeiramente, uma grande honra, Senhor", diz, fazendo nova vénia. "Eu sou Laetti", apresenta-se. "O nosso companheiro símio é Drecco, centurião da Guarda Real, e Namiia é capitão do destacamento de protecção de Sua Majestade", diz, apontando à vez para cada um.

"Obrigado. Assim torna-se tudo mais fácil. O meu nome é..." ia dar-lhes o meu nome completo, mas pensei melhor e alterei para aquele por que todos me conhecem: "CáBé" – que, quando dito por eles, acaba por soar algo parecido com

Kahbeh, ou coisa que o valha.

✿ ✿ ✿ ✿ ✿

Conduzidos por Namiia, avançamos em trote acelerado, seguindo uma pista que parece construída a partir de ar e vento. Não pensei que ela estivesse em condições de fazer um esforço assim, mas isso foi antes de a ver abastecer-se de folhas de um determinado arbusto, que depois mastiga ao avançar, tal como fazem os caçadores de algumas tribos de África e da América do Sul. O tamanho das suas pupilas confirma que o efeito deve ser semelhante.

Laetti passa o tempo agarrada a uma caixa estreita do tamanho de um livro de bolso, feita do que parecer ser madeira clara, que vai apontando para um lado e outro, regulando dois conjuntos de rodas concêntricas situados num dos lados. A caixa emite zumbidos de tempos a tempos, e ela leva-a ao ouvido e repete uma série de números e letras, que confirma depois a quem a está ouvir. Posições geográficas, talvez. Uma espécie de sintonizador de posição.

Ao fim de meia hora de marcha forçada que, pelos meus cálculos, nos leva paralelos ao mar, em direcção ao Norte, Namiia faz-nos sinal para avançarmos em silêncio. Pouco depois, reduz mesmo a velocidade para uma fracção da que anteriormente levávamos, e faz-nos sinal para nos mantermos abaixo do nível da vegetação.

Continuamos assim por mais algum tempo, até ela erguer o braço e nos fazer parar.

Aponta uma árvore com tronco largo que se ergue à nossa direita, ao pé do caminho. Não consigo distinguir grande coisa; quem quer que seja está bem emboscado, esperando apanhar de surpresa os seus perseguidores.

Namiia faz-nos sinal para esperarmos, mas Drecco responde-lhe que não e, depois de uma breve discussão em linguagem gestual, acabam por resolver fazer, em conjunto, uma aproximação em tenaz.

Passam pouco mais de cinco minutos, quando nos chega um "Ai" abafado que faz com que quem está à espera dê sinais de vida. Pensando que Namiia talvez esteja em perigo, vou avançar em direcção ao som, mas Laetti aponta para a árvore e impede-me com um toque ligeiro no antebraço, que me causa um frémito muito agradável.

Só tenho tempo de ver o que parece ser uma cauda grossa, protegida por placas de ferro ligadas entre si numa armadura, que se agita quando o seu proprietário se volta na direcção de onde veio o ruído; antes de Drecco sair do arvoredo num salto formidável, o machado erguido sobre a cabeça e a boca aberta num grito silencioso, que o faz aterrar precisamente onde estaria o dorso do dono da dita cauda.

Um baque surdo confirma-nos que foi bem-sucedido.

Laetti pede-me que a siga e vamos ter com os outros dois.

Depois de ver falar um gorila que combate armado com um machado, poderia pensar que nada mais haveria que me

surpreendesse.

Mas estaria enganado.

Por terra, tendo enterrada no dorso a lâmina do machado que Drecco, ainda em silêncio, se afadiga a libertar, está um dinossauro.

Um Tyrannossaurus Rex, mais concretamente.

Ou talvez um seu primo distante, pois, embora os traços de família estejam bem patentes na cabeça, mandíbula enorme e proporções gerais do corpo; em posição vertical, o sáurio caído a meus pés não seria mais alto do que eu.

As patas dianteiras também sofreram alterações em relação ao que me lembro de ver no Museu da Terra. Dos membros atrofiados, que apenas serviam como garfos para melhor segurar a presa enquanto se alimentava, já nada resta; este Rex tem braços articulados que terminam em mãos perfeitamente formadas, com três dedos fortes e um polegar oponível.

Uma das mãos do sáurio segura, ainda, o punho de uma catana semelhante à que me deu Drecco, esclarecendo, finalmente,

para mim pelo menos, o que seja um Manx.

Uma das mãos do sáurio segura, ainda, o punho de uma catana semelhante à que me deu Drecco, esclarecendo, finalmente, para mim pelo menos, o que seja um Manx.

Embora não me esclareça sobre o que farei se algum me aparecer à frente.

Um novo toque suave de Laetti no meu antebraço faz-me sair do estado contemplativo em que me encontro. Ela aponta para os outros, que já recomeçaram a avançar em silêncio, mantendo a mesma posição rente ao solo, e faz-me sinal para os seguirmos, enquanto insere novas coordenadas na caixa de localização e, suponho, as envia.

Pouco adiante, a floresta abre-se numa clareira, e é na orla desta que nos detemos.

A cena em baixo seria do domínio do fantástico, se tudo o que me tem acontecido nas últimas horas não o fosse já.

No centro da clareira está uma manta enrolada, atada com cordas, ao pé da qual estão de guarda um homem e uma mulher armados, rodeados por uns nove Manx e igual número de lobos.

A rainha cativa presumo, ao olhar novamente para a manta.

Um terceiro homem, ricamente vestido e claramente em posição de chefia, fala para uma caixa algo semelhante à de Laetti, e parece irritado.

Não está demasiado longe para que o que diz seja imperceptível, mas o ruído de fundo que me chega aos ouvidos não passa disso, ruído de fundo, o que me leva a pensar que deve estar a falar uma língua diferente da que falam os meus aliados, uma língua que o meu hóspede não se digna traduzir.

Ao terminar a conversa, atira com a caixa ao chão e depois salta-lhe para cima a pés juntos, destruindo-a completamente.

Grita qualquer coisa para os Manx, que cerram ainda mais as fileiras, e chama para ao pé de si os lobos, que lhe obedecem como se cães fossem.

O grão-duque?

"Estão à espera de transporte, que parece estar atrasado, mas apenas a cinco minutos de distância", diz Laetti, preocupada. "Os nossos reforços não chegarão a tempo."

"É preciso atacar já, Secretária", sibila Drecco. "Empatá-los o tempo suficiente para que os nossos cheguem. Sabeis bem o que acontecerá se Sua Majestade for levada para Kirlehdin."

"Atacar agora será a morte de todos nós, Centurião. Mesmo com ajuda de Sua Senhoria", diz, olhando para mim. "O Grão-Duque pode não ter o Poder, mas diz-se que é o melhor espadachim do Império", acrescenta.

Aceno rapidamente a minha concordância. A ideia de enfrentar Manx e lobos treinados já é assustadora por si; acrescentar-lhe um homem considerado o melhor espadachim de um Império onde todos parecem trazer uma lâmina qualquer enfiada no cinto, não a torna mais agradável.

"No entanto, não vejo que mais possa ser feito", conclui Laetti, com a aprovação dos outros dois. "As nossas vidas são descartáveis, apenas a de Sua Majestade conta."

Esta reviravolta de raciocínio apanha-me completamente de surpresa e não consigo dizer nada — e o que poderia eu dizer contra argumento semelhante. Dizer-lhe que um ataque contra uma força tão manifestamente superior só pode ser um suicídio e que isso em nada vai ajudar a rainha deles, só iria, talvez, servir para me colocar em maus lençóis — Exaltado ou não —, visto que eles parecem convencidos de que é a única coisa a fazer.

E se é essa a sua escolha, quem sou eu para os impedir.

Decido rapidamente que está na altura de nos separarmos.

Eles que avancem para uma morte mais do que certa, se assim querem. Eu, por mais que me custe ver gente morrer de forma estúpida, vou tentar a minha sorte noutras paragens.

Para não levantar suspeitas, porém, aceno a minha concordância à necessidade de um ataque imediato.

Satisfeitos, Namiia e Drecco afastam-se, cada um para seu lado, procurando aproximar-se do objectivo sem serem vistos, ou sem os lobos darem por eles, o que talvez seja pedir muito.

Laetti fica comigo; a nós cabe um ataque frontal assim que os outros dois, vindos de dois lados distintos, tenham atraído a atenção do inimigo.

“Será uma honra combater e morrer ao lado de Vossa Senhoria”, diz Laetti, sorrindo como se realmente o fosse.

Aceno-lhe que sim, pensando ser uma grande pena perder-se uma rapariga tão bonita e obviamente inteligente — se bem que a sua capacidade de análise deixe a desejar.

Tira a boina, que enfia na bolsa que, entretanto, retirou do cinto e pousou aos pés, e enrola a capa à volta do antebraço direito, para servir de protecção.

Liberta da prisão da boina, uma cascata de cabelos, numa profusão de tranças amarelas avermelhadas de espessura variada, cai-lhe sobre os ombros e as costas e emoldura-lhe o rosto delicado, fixo na expressão calma de quem tomou uma decisão e vai levá-la até ao fim.

Desembainha a espada fina de conquilha rendilhada, coloca-a no chão a seu lado, encosta cuidadosamente a bolsa a um arbusto, escondendo-a de olhares indiscretos, como se tencionasse vir recuperá-la; põe um joelho em terra, leva os dedos da mão esquerda aos lábios, depois ao solo, ao peito e à testa, e termina com a mão aberta e a palma virada para o céu, numa qualquer encomendação ao deus ou deuses que agora se veneram.

Eu observo-a, fascinado. O recolhimento e a certeza que demonstra quando se prepara para um sacrifício que se apresenta mais do que inútil tornam-na extremamente atraente.

Mudo de ideias quanto a não tentar dissuadi-la.

"Laetti," digo em voz rouca de emoção, ao mesmo tempo que lhe toco no ombro. Surpreso, sinto que um arrepio nos percorre a ambos. Sabendo que a reacção dela terá provavelmente sido causada pela antecipação do ataque iminente deixo, ainda assim, ficar a minha mão sobre o seu ombro, satisfeito de a sentir próximo. "A probabilidade de saíres viva dali é menos do que remota. Tens a certeza de querer atacar?" pergunto, para logo depois acrescentar,

"Pelo menos desta forma..." por não querer parecer cobarde ou traidor aos olhos dela, uma perspectiva que me parece mais e mais importante a cada segundo que passo na sua companhia.

Ela sorri-me.

"Sinto-me honrada pelo Vosso cuidado, Exaltado. Mas a minha vida é insignificante. Se tiver de morrer para salvar a minha Rainha, que seja. Pelo menos terei morrido com honra."

"Mas talvez possamos esperar?" Insisto. "Talvez possamos distraí-los, ou impedir a chegada do transporte? Não percebo porque se deva fazer um ataque frontal em tanta desvantagem."

"Não vejo outra possibilidade, Exaltado. Acreditai que gostaria que assim não fosse," responde, erguendo para mim um olhar onde detecto agora sinais de amargura.

Mergulhado na limpidez dos seus olhos, aumento a ligeiramente a pressão sobre o ombro dela e, lembrando-me da minha condição de "Exaltado", vou abrir a boca para lhe ordenar que suspenda tudo quando Namiia e Drecco dão início ao ataque.

Desvio os meus olhos para ver o que se passa no centro da clareira.

Drecco entrou pela nossa direita, com uma velocidade e agilidade dignas de Aquiles, trazendo em cada mão uma das lâminas do machado, aparentemente, divisível em dois. Deixa uma enterrada na cabeça do primeiro Manx que lhe

apareceu e a outra no peito do que se lhe seguiu, a quem tirou a catana que utiliza agora para enfrentar outros três e despachar os lobos que ferozmente o atacam, sem se importarem com as baixas que lhes causa.

Namiia chegou do lado oposto, entrando quase em frente do sítio onde nos encontramos, alguns segundos depois de Drecco, quando já a atenção dos atacados se concentrava naquele; disparou os dois dardos da pequena besta que trazia ao cinto contra os Manx que estavam mais próximos, atingindo o pescoço de um e o peito de outro, infelizmente sem os derrubar.

Rapidamente rodeada por adversários muito maiores que ela, move-se, agora, num ballet infernal de estocadas, defesas e ripostas que só julgava possíveis nos combates de esgrima coreografada dos filmes de kung fu.

Aparentemente indiferente ao que se passa à sua volta, o grão-duque passeia-se na clareira com uma cigarrilha nos lábios; a ordem gritada aos que estão de guarda à rainha para erguerem as armas é a única indicação de ter dado por estarem sob ataque.

"Com a Vossa permissão, Exaltado, Vossa Senhoria que me siga. Se eu não puder, resgatai a nossa Rainha, Senhor", diz Laetti, voltando para mim o rosto vestido de tanta serenidade e calma que se diria estar a citar um dos Anacletos de Confúcio. Dito isto, saúda-me com a espada e levanta-se em silêncio, avançando, serenamente, em direcção ao grão-duque.

Pasmado com o que se passa na clareira e com a calma aparente de Laetti, vejo-me incapaz de reagir e deixo-a afastar-se sem um protesto sequer.

Dois lobos vêm ao seu encontro, vindos cada um de seu lado e atacando-a ao mesmo tempo, mas ela parece nem dar por eles; sem perder um passo e no mesmo movimento fluido, abre o pescoço ao primeiro com um leve movimento da lâmina e deixa o outro desacordado com uma pancada seca da conquilha da espada.

Tudo me diz que, se é para me ir embora, está na hora de me pôr a mexer, mas não consigo arredar pé. Os meus olhos parecem ter adquirido vontade própria e comandam o resto de mim, fixos na figura diminuta que enfrenta agora um Manx que, abandonando a refrega com Namiia, lhe veio ao encalço.

Apesar da enorme diferença de tamanho, da grande rapidez do Rex e da sua catana, da grande vantagem que lhe dão as mandíbulas, que utiliza como uma segunda arma, procurando apanhar Laetti desprevenida, esta não se deixa desfasar. Roda sobre si, salta e evita, por menos que nada, a lâmina da catana; as longas tranças seguindo e disfarçando os seus movimentos como uma nuvem avermelhada. Consegue furar a guarda do Manx e enfia-lhe a ponta, e depois toda a espada, por baixo da mandíbula, na zona de junção de duas partes da armadura em couro e vime que lhe protege o peito e a cabeça.

Roda a lâmina para completar a estocada e, antes que o sáurio caia e a esmague com o seu peso, retira-a e afasta-se, continuando o seu avanço em direcção ao grão-duque.

Este parece, finalmente, dar por ela e desembainha uma arma longa e fina, um híbrido entre uma espada e uma catana, com uma pequena guarda e um punho longo, grosso e ricamente coberto por um bordado multicolor que o deve tornar mais aderente à mão.

Sem se dar ao trabalho de a saudar, espera-a com a ponta da arma para o solo; defende, impassível, a primeira estocada de Laetti, como quem afasta uma mosca, e continua a parar as restantes com um tédio manifesto, levando, distraidamente, a cigarrilha aos lábios com o vagar de quem passeia pela Avenida numa tarde de Domingo.

Tamanha indiferença é insolente, penso, mas Laetti não desiste. Apara os contra-ataques do grão-duque e continua, com as suas respostas, a tentar furar-lhe a guarda, embora sem sucesso.

Sinto-me sofrer por ela, por eles, que combatem tão desigualmente, mas continuo preso ao bom senso, enraizado na borda da clareira e incapaz de fazer seja o que for para os ajudar.

Entretanto, atrás de mim começa a ouvir-se um besourar continuado que vai aumentando de intensidade até o sentir quase sobre mim. Olho para cima e descubro uma espécie de plataforma rectangular, ligeiramente convexa como o fundo de uma barca de rio, sob a qual rodam, lentamente, quatro hélices de raio considerável – pelo menos três pés – , circunscritas por aros de aço, cravados nas chapas de cobre brilhante que revestem aquela.

A barca terá, talvez, um comprimento de dez braças, por umas cinco de largura, tendo ainda colocada uma mini turbina a cada um dos cantos, com um diâmetro não superior a dois pés.

Uma balaustrada em madeira e corda entrançada encima a lateral do casco, por sua vez acoplado a um balão elipsóide por meio de uma rede de cabos de um material brilhante que mantém o balão sobre a barca.

O ver a barca a aproximar-se leva Laetti a soltar um grito e a redobrar os seus esforços num frenesim renovado. O grão-duque, porém, sorri, e ordena qualquer coisa aos guardas que mantêm a rainha cativa. Depois, prestando, pela primeira vez, atenção à sua adversária, desarma-a sem cerimónia, marcando-lhe o braço e fazendo-lhe uma rasteira que a leva de joelhos ao chão.

Claramente sem mais forças para lutar, esperando a morte com a derrota na alma, Laetti sofre uma derradeira humilhação às mãos do grão-duque, quando este apenas lhe bate num dos lados da cabeça com a face da lâmina e a deixa desacordada.

Ao vê-la cair desamparada, há algo que toma conta de mim, uma raiva surda que me domina e me faz esquecer o medo e o facto de nunca antes ter pegado numa catana.

Levanto-me num repente e, antes que perceba o que faço, vou a meio da distância que me separa do local onde Laetti jaz caída no solo e onde Drecco e Namiia ainda continuam às voltas com os adversários que lhes restam, sem os conseguirem realmente dominar.

Drecco sangra de vários golpes, a acrescentar aos que já tinha, os Manx cada vez mais próximos e ousados ao senti-lo com dificuldades. Namiia não está muito melhor.

Em passo acelerado, procuro chegar-lhes ao pé antes da aterragem da barca que o grão-duque e os dois homens se preparam para abordar, levando consigo a rainha.

Numa tentativa desesperada de compensar a minha indecisão anterior, paro, faço pontaria e atiro a única lança improvisada que me resta em direcção ao grão-duque.

O meu lançamento foi bom; na verdade, muito bom mesmo, talvez o meu melhor de sempre, o que me surpreende, considerando as circunstâncias. Mas quis a má sorte que a guarda viesse falar com o meu alvo precisamente quando a lança a ele se dirigia, pelo que o grão-duque foi poupado.

"Ó janota, espécie de palhaço de pacotilha!", grito-lhe em português, sem me preocupar se sou traduzido ou se ele não me percebe. "Gostas de bater nos mais fracos que tu? Anda cá, que eu já te trato da saúde", acrescento, fazendo-lhe sinal com a mão para que se aproxime.

Visivelmente aborrecido, o grão-duque tenta limpar da casaca azul-celeste e da camisa de seda com gola de folhos o sangue que esguichou do corpo da guarda atingida pela minha lança, usando um lenço de renda que retirou de um dos punhos revirados em veludo castanho.

Olha para mim com uma expressão de enfado e faz sinal à barca para que se apressem a descer.

Aparentemente nada impressionado com a minha altura, ele que será da mesma estatura de Drecco, avança na minha direcção, desembainhando a espada enquanto caminha, claramente decidido a não se demorar.

Vejo-o aproximar-se com uma calma que não é minha, mas que parece ter tomado conta de mim — tal como aconteceu com Laetti há pouco.

Empunho a catana segurando-a com as duas mãos e tento assumir uma posição estável com os pés, mas o pouco que sei de esgrima foi aprendido com samurais e mosqueteiros num ecrã de cinema — embora tenha, em tempos, vivido com uma rapariga que fazia parte da equipa nacional de espada; mas talvez isso não conte.

A minha falta de conhecimentos deve ser óbvia porque o grão-duque ri-se. Olha para trás e, vendo a barca a descer, decide despachar-me rapidamente.

Dá duas passadas mais rápidas, faz a chamada com o pé esquerdo e, fingindo um ataque ao peito, desvia para um corte ao pescoço, em princípio indefensável.

Mas que eu defendo.

Não sei como, mas defendo.

Assim como não sei como sei que devia ser indefensável; a informação apareceu subitamente quando o vi começar o ataque.

Vejo que a minha defesa o surpreende e tenta novo ataque, que eu volto a defender sem qualquer dificuldade. Não só o grão-duque parece mover-se em câmara lenta à minha volta, como o meu conhecimento dos seus movimentos, ataques e paradas, dir-se-ia aumentar a cada vez que cruzamos as lâminas.

Apercebendo-se que a primeira análise que fez de mim estava errada, embora isso lhe custe claramente a aceitar, passa de confiante a cuidadoso, do ataque directo ao manhoso.

De nada lhe serve.

Sem saber como o faço, continuo a defender todos os seus ataques, paradas e contra-ataques. Mas essa minha falta de conhecimentos deve estar-me patente no rosto, o que o deixa nitidamente confuso.

Porém, não mais do que a mim.

Embora não precise de especular se os movimentos que executo são resultado da intervenção do meu hóspede de cristal, a verdade é que não me sinto como um fantoche, comandado por fios, ainda que invisíveis.

Todas as minhas defesas são decisão minha, devido a conhecimentos que descubro que tenho no momento em que me são necessários, embora tenha a certeza absoluta que não constavam da minha memória até ao segundo antes de ali aparecerem.

Seja qual for a explicação, não diminui em nada a frustração do meu adversário, que vê sempre goradas as suas tentativas para me derrotar.

Todavia, apesar de me manter vivo, a minha recém-adquirida sapiência parece derivar dos ataques do grão-duque e, aparentemente, esgotar-se na defesa desses mesmos ataques. Não tenho em memória qualquer informação sobre como contra-atacar.

As vezes que tento, instintivamente, são facilmente paradas e convertidas em contra-arrestos que me levam a recuar para a posição anterior. Posição essa que ele, por mais que tente, não consegue penetrar.

O que nos deixa num impasse.

Entretanto, a barca toca no chão e dela saltam figuras que se apressam a ajudar o guarda que resta a levar para bordo a rainha, que se debate, ferozmente, dentro do seu casulo.

Apercebendo-se de que o tempo está a esgotar-se, Drecco e Namiia dão tudo por tudo, mas, com as forças perto do fim, parecem, também eles, ter chegado a impasses.

Vai ser preciso improvisar.

Confiante que o meu inquilino arroxeado não me deixe ficar mal, finjo um ataque desesperado e em desequilíbrio, que me leva de joelho ao solo.

A minha posição de desequilíbrio é imediatamente aproveitada pelo grão-duque para contra-atacar, numa estocada a fundo que me teria certamente trespassado — em vez de apenas cortar a badana que tenho atada à volta da cabeça e fazer-me um corte superficial na testa — não fosse a pronta intervenção do cristal, que dirigiu a minha defesa, e a minha mão apertar os testículos do meu adversário, o que nitidamente lhe faz perder a concentração.

Os olhos em bico do grão-duque e a expressão de espanto com que me olha dizem-me que este tipo de contra-arresto foge à panóplia de movimentos, sem dúvida vasta, que conhece.

Uma pancada seca com o punho da catana na fonte esquerda deixa-o a ruminar sobre o assunto, enquanto corro para a barca.

Corro com a catana erguida e solto o meu mais feroz Kiai — com expressão a condizer, copiado de um dos inolvidáveis filmes de Sonny Chiba — esperando que isso e a minha altura assustem os homens que ainda tentam levar a rainha para bordo.

Felizmente, essa é uma tarefa que está a revelar-se difícil de executar. Embrulhada no cobertor e provavelmente amarrada, ela contorce-se como uma enguia ao tentar libertar-se e não lhes facilita nada a vida.

Ao verem-me aproximar, porém, seja devido ao meu grito e aspecto aterradores, seja por causa do dodecágono implantado da minha testa que, agora que a badana caiu, está novamente à vista, os homens resolvem bater em retirada, correndo antes a assistir o grão-duque.

Ao chegar ao pé da rainha, tenho apenas tempo de dizer: "Esteja quieta, majestade, senão ainda a corto. Estou do seu lado."

Rasgo o cobertor com a faca de mergulho e vou cortar os laços que a prendem quando sinto o chão tremer ao meu redor.

Coloco a faca no par de mãos atado que sai do cobertor, dizendo à sua proprietária que acabe de se libertar e levanto-me, empunhando a catana, para enfrentar duas mãos cheias de Manx que, fauces esganadas e indiferentes à minha jóia decorativa, se aproximam de nós com as respectivas catanas em riste, rugindo e rosnando como possessos, num bafo colectivo de carne podre que já me teria feito esvaziar as tripas e transformado em geleia as minhas pernas, não fosse o meu inquilino estar a segurar-me.

"Os senhores irão desculpar-me, mas estou com alguma dificuldade em vos compreender. Poderiam talvez falar mais baixo e um de cada vez?", digo, numa tentativa desastrada de humor nervoso que é mais para meu próprio benefício do que para fazer sala, uma vez que duvido que me entendam.

"Estão aborrecidos convosco, Exaltado", ouço dizer atrás de mim uma voz que me parece conhecida, ao mesmo tempo que sinto que alguém se me encosta, e vejo, pelo canto do olho, que a ponta do que parece um alfange negro — na verdade, incrivelmente parecido com a minha faca de mergulho, só que muito maior — surge ao meu lado direito.

"Parece que fazeis Vossa a catana de um dos seus companheiros de horda, e agora querem vingança."

Mas eles falam? Mesmo?

Subitamente, atacam todos ao mesmo tempo — como seria de esperar que uma horda fizesse —, o que não os ajuda nada e nos facilita muito o trabalho.

Os Manx não sendo da mesma categoria do grão-duque, mesmo os meus ataques desajeitados, combinados com as defesas perfeitas do cristal, fazem estragos entre os atacantes.

Mas é a rainha que despacha ou incapacita a maior parte deles, enquanto rodamos, costas com costas, tentando nunca oferecer um flanco que eles possam penetrar. Sem ver exactamente como o faz, apercebo-me de vários clarões arroxeados que precedem os estrondos de corpos a cair no chão.

Entretanto, o ver livre a rainha parece dar novas forças a Drecco que consegue, finalmente, dar conta dos adversários e, com uma energia e ferocidade de que julgaria já não ser capaz, ataca os nossos oponentes; cria ainda maior confusão nas suas fileiras o que, aliada à pressão que nós continuamos a exercer, acaba por levar os três sobreviventes a debandar — sempre achei os T-Rex originais uma cambada de fanfarrões e estes Manx não parecem ter evoluído para muito longe.

Vendo o comportamento dos outros, os dois adversários que ainda restam a Namiia resolvem não ser os únicos a ficar para trás e correm também para a barca, que se alça nos ares com eles ainda agarrados à balaustrada.

Mas, só um segue viagem. O outro tomba alvejado por uma saraivada de dardos, disparados pelas bestas dos reforços que acabam de entrar pelo lado Norte, também sobre duas barcas voadoras semelhantes à do grão-duque, que tomam posição sobre a clareira; o que nos deixa, definitivamente, senhores do terreno.

E que terreno. Há sangue, membros e partes corporais, para não falar de corpos inteiros, espalhados por toda a parte. A maior parte das baixas são Manx, mas também parecem ter caído todos os lobos e há, pelo menos, uma baixa humana.

E ainda Laetti, que jaz imóvel no sítio onde o grão-duque a deixou.

Receando o pior, corro para o local. Mas a respiração dela parece normal e, além de sangue pisado, um alto no sítio onde o grão-duque lhe bateu com a espada, e um corte no braço, fundo, mas limpo, dir-se-ia não inspirar mais cuidados.

Pego nela ao colo e levo-a para junto dos outros.

✿ ✿ ✿ ✿ ✿

A rainha está no centro da clareira, ao pé de várias figuras vestidas de vermelho da cabeça aos pés que a examinam; médicos, provavelmente.

A rodeá-la está uma mão de gorilas que, ao verem-me aproximar têm como primeira reacção erguer os machados em defesa, logo seguida do já habitual cruzar de pulsos e genuflexão quando, ao olhar para cima, se apercebem do cristal.

Os médicos seguem-nos de perto, o que me permite ver, pela primeira vez, a mulher que viemos resgatar.

Reclinada sobre uma cadeira desdobrável, com armação em madeira escura coberta num brocado mostarda e franjas num tom ligeiramente mais carregado da mesma cor, está uma figura vestida numa túnica larga cor de marfim, com mangas compridas e folgadas, terminando em punhos longos, agora soltos, que se prolongam por metade do antebraço. Sobre o peito, do lado esquerdo, tem uma estrela de doze pontas, seis entre seis, no que parece ser ouro e prata, tendo no centro um dodecágono de cristal num roxo profundo. A rodear-lhe a cintura está uma faixa púrpura, com a largura de uma mão-travessa e um berloque de franjas a cada ponta, da qual pende a bainha vazia de uma espada. Calça botas altas de cor clara e aspecto macio — feitas com a pele de um réptil qualquer e encimadas por uma rodela em pele grená — e veste um par de calções de montar na mesma cor e tecido da túnica, com um reforço em camurça entre coxas.

Ao ver o cabelo encaracolado de um bonito ocre avermelhado que lhe cai sobre os ombros e a testa — no centro da qual, precisamente entre as sobrancelhas, tem um dodecágono semelhante ao meu, embora em tom mais claro — o rosto oval, o nariz pequeno e aquilino e os lábios cheios, os olhos de um verde profundo e ligeiramente amendoados; tenho uma sensação estranha de *déjà vu* que me leva a olhar para o corpo inerte de Laetti que trago nos braços.

Tirando as tranças de uma e o dodecágono que decora a testa da outra, a rainha parece ser igualzinha a ela.

Por isso Laetti se disse sua companheira de ovo; sua gémea.

"Vejo que vos ocupais da nossa secretária, Exaltado. Como está ela?", pergunta com desinteresse, e sem se levantar da cadeira.

"Creio que Laetti está bem. Apenas desacordada", respondo, algo chocado com o pouco interesse demonstrado pelo estado da irmã. "Importa-se de dizer a este pessoal que se levante? Estes salamaleques todos não fazem muito o meu género."

Ela olha para mim como se eu fosse tolo.

"Mas, podeis fazê-lo Vós mesmos. Basta baterdes as palmas... Ah, sim, tendes as mãos ocupadas", diz, batendo-as ela própria. Os gorilas e os médicos obedecem-lhe imediatamente, como se apenas esperassem o seu sinal para se porem outra vez em pé.

Cuidadosamente, deposito Laetti numa cama de campanha armada ao lado da cadeira da rainha, que Namiia, com uma nova ligadura a envolver-lhe a coxa, deixa livre para ela; um dos médicos vestidos de vermelho vem imediatamente examiná-la.

Volto-me e dou com a rainha a olhar para mim com um ar que não percebo se é intrigado ou interessado.

"Por Genea, sois invulgarmente alto, Exaltado. Quase um gigante mesmo; a acreditar que tais criaturas existam", diz, fazendo um floreado com a mão que acentua a sua dúvida e, ao mesmo tempo, despede os gorilas deixando-nos sós.

"Tenho a agradecer-vos o empréstimo da Vossa arma. Foi-me muito útil contra os Manx. Uma forma invulgar, por certo, mas eficaz", diz, erguendo com as duas mãos, o alfange negro que antes havia utilizado contra os Manx e reduzindo-o, com um gesto, à faca de mergulho que lhe havia dado para se libertar da manta.

"A capitão da Nossa guarda diz-me que o Vosso nome é Kahbeh. Sede bem-vindo ao Nosso reino, Exaltado Kahbeh", diz, devolvendo-me a faca, com um sorriso que oscila entre o curioso e o trocista. "As vicissitudes deste Nosso encontro não me permitiram receber-vos como conviria à Vossa pessoa, mas as Nossas boas-vindas são sinceras."

Faço uma vénia desajeitada que teria feito rir D'Artagnan.

"Há algum tempo que Vos esperávamos; embora devamos confessar a Nossa surpresa pelas circunstâncias da Vossa chegada. Sempre pensámos que seria, bem, menos discreta", acrescenta, com uma expressão no rosto que não consigo classificar.

"Sim, pois. Bom, aconteceu assim", digo, encolhendo os ombros, indeciso sobre se, enquanto "Exaltado", hei-de entrar em pormenores.

Mas lembro-me onde estou e em que circunstâncias e acabo por decidir-me a falar abertamente.

"Rainha Sonjie, eu não sou quem julgais", digo, pondo a minha cara mais honesta.

Ela ostenta uma expressão de surpresa fingida.

"Como, não sois quem julgamos? Vós sois Exaltado, a pedra do poder que tendes aposta em Vossa fronte assim o confirma," diz, apontando displicentemente para mim

"Sim, mas deve tratar-se de uma coincidência. Eu não sabia sequer que tinha isto na testa! E depois, Exaltado por quê ou para quê?!", pergunto, abrindo os braços exasperado.

Ela ri-se mais uma vez.

"Se é só por isso, não Vos preocupeis, Exaltado Kahbeh, tudo Vos será explicado em devido tempo", diz, fazendo sinal aos médicos para que se aproximem, pondo assim termo à nossa conversa.

✿ ✿ ✿ ✿ ✿

O voo até Gemace – nome da cidade e capital do reino, que fica situada na posição que, noutro tempo, foi ocupada por Lisboa – demorou o resto da manhã. Viajámos nas duas barcas, onde se acumulavam, no convés coberto, duas companhias dos gorilas que parecem formar as forças de assalto de Sonjie.

Esta passou o tempo num camarote do castelo de popa da primeira barca e não a voltei a ver antes de aterrarmos.

Sozinho no castelo de proa, passei o tempo de voo a observar a paisagem que se desenrolava diante de nós enquanto o parco e deslavado disco do sol descia rapidamente no horizonte, à nossa direita.

Planámos a baixa altitude sobre um tapete contínuo de vegetação que se estende desde a costa, árvores retorcidas e acamadas à força, como o pêlo cerdoso de um fox terrier empastado com fixador para o cabelo e penteado ao contrário do crescer do pêlo.

O vento uivou continuamente durante todo o trajecto.

Senti-o bater de encontro às paredes exteriores, tentando desviar a barca do rumo estabelecido pelo timoneiro, que a mantinha na rota por via não sei de que energia misteriosa, capaz de contrariar tal força da natureza.

Os terrenos que atravessámos são densamente irrigados, por rios, ribeiras e canais construídos. Os cálculos que fui fazendo permitiram-me situar a posição de alguns dos braços de água em relação a relevos de terreno que recordava do meu tempo, altura em que se encontravam secos há muito. Os níveis de pluviosidade e de água no solo devem ser muito mais altos agora.

A população, ao contrário, parece ser em muito menor número. Toda esta zona era um aglomerado de povoações que se confundiam umas nas outras; agora, porém, não há sinal delas. O mesmo se podendo dizer com respeito a terras de cultivo. A floresta ocupa todo o terreno, as únicas falhas são as das clareiras que, de quando em vez, cortam o verde contínuo.

O nosso voo leva-nos numa rota indirecta, que nos aproxima da cidade por nordeste e me permite reparar que Gemace se estende por uma área considerável, especialmente tendo em conta que se trata de uma cidade murada.

A primeira característica que salta à vista, logo a seguir à extensão da cidade, é a dimensão das suas muralhas. Altas como um prédio de dez andares e suficientemente largas e resistentes para permitirem o trânsito de veículos pesados nos dois sentidos na plataforma superior, as muralhas de Gemace são feitas de grandes blocos de pedra, com algumas

extensões tapadas com placas do que parece ser aço —
placas que talvez tivessem, em tempos, coberto
completamente as muralhas; a julgar por aquelas que se
vêem encostadas ao sopé do muro ou simplesmente
abandonadas no chão.

A cidade parece ter sido construída em semicírculos
concêntricos em relação ao Tajo, delimitados por avenidas
largas e entrecortados por ruas e alamedas que partem do
rio, como os raios de uma circunferência. As áreas das
divisões daí resultantes — quarteirões, dir-se-ia no sítio de
onde venho — estão ocupadas por edifícios monolíticos e
altos, com paredes grossas e janelas diminutas, cobertos
por abóbadas em vidro espesso em ogiva que servem para
aclarar os interiores dos prédios.

Os quarteirões não ocupados por prédios, à razão de um
por cada três, são preenchidos por enormes estruturas
piramidais em vidro e aço; estufas gigantes recheadas de
vegetação salpicada de manchas de cores variadas,
provavelmente onde são cultivados ou produzidos os
alimentos necessários à cidade.

A alta muralha de Gemace ergue-se também ao longo da
face voltada ao rio e estende-se pelo menos até onde
estaria Algés, fazendo contraponto a uma margem sul
coberta por uma floresta densa e tingida do branco da
neve.

Das seis pontes sobre o Tajo, ou dos túneis que o cruzavam
no meu tempo, não há qualquer vestígio ou sinal.

A aproximação é feita por cima do caudal revoltoso do rio,
onde flutuam, aqui e ali, largas placas de gelo — que até há

bem pouco tempo talvez o cobrissem por completo — e aterramos no ponto radial da cidade, em frente ao palácio real, quando o sol já está a mergulhar para o mar apesar de, pelas minhas contas, pouco passar do meio-dia.

✿ ✿ ✿ ✿ ✿

Por ordem da rainha, sou conduzido por uma guarda do destacamento de protecção, que me leva por uma série de corredores e salões, que se seguem e confundem uns nos outros sem a aparência de um plano, como se o palácio tivesse sido escavado num bloco a partir de dentro, até chegarmos a um elevador que nos transporta a um dos andares superiores.

O nível de deferência parece ser aqui bastante menos acentuado; talvez por conviverem com a realeza diariamente, as poucas pessoas que encontramos limitam-se a parar o que estão a fazer e a baixar os olhos ao chão à nossa passagem.

É pena, pensando melhor, creio que poderia habituar-me aos salamaleques.

A guarda abre uma porta no fim de um dos corredores, faz-me uma vénia e sinal para entrar e coloca-se à porta, não sei se para me proteger, se para me impedir de vadiar.

A rainha recebe bem os seus hóspedes, penso enquanto largo as botas ao pé da porta. Os meus aposentos são maiores e mais luxuosamente mobilados do que alguma casa em que tenha vivido — o palácio não deve abastecer-se na Moviflor, certamente.

Incluindo a casa de banho, que tem uma sauna e uma banheira que passaria por piscina em alguns jardins de gente que conheço, tenho quatro divisões por minha conta; um quarto de dormir, que abre para um quarto de vestir; uma sala, com vários cadeirões e um sofá, cobertos com pêlo de animais e dispostos sobre tapetes tecidos nos padrões geométricos semelhantes aos que vi nas roupas e nos uniformes, e uma lareira embutida na espessa parede exterior, cuja reentrância está ocupada por uma espécie de forno com porta em ferro, coberto de azulejos no mesmo tom esverdeado das paredes; e ainda um escritório apetrechado, incluindo um modelo antiquado de televisor ou computador (tem à frente o que parece ser um teclado, embora os caracteres nas teclas me sejam desconhecidos) sobre uma secretária em madeira maciça, com tampo forrado a pele, com aspecto de antiga.

Os tectos são altos e forrados a madeira clara, atravessados por vigas grossas em madeira mais escura.

Nas paredes há vários quadros e serigrafias com temas de Inverno; embora no quarto haja dois, com paisagens de Verão. Um mostrando uma seara a perder de vista, a sombra de uma aldeia ao fundo e um sol vermelho no centro, e outro representando uma praia com gente que descansa debaixo de uns toldos, se diverte ao calor do Sol ou nada no mar — todos vestem calções ou cuecas coloridas, e as mulheres têm, inclusivamente, umas faixas ou tiras de panos da mesma cor a cobrir-lhes os seios, possivelmente para melhor os dispor quando nadam.

Parece boa ideia, mas deve ser posterior ao meu tempo, pois não me lembro de tal moda existir.

Qualquer destes dois quadros está protegido por um vidro espesso e tem aspecto de ter sido pintado há já muito tempo. O que me faz voltar a pensar em quantos anos se terão realmente passado e o que terá acontecido para o clima ter mudado tanto.

Esta cidade, as muralhas, as estufas e os próprios edifícios foram construídos para o frio, tudo é pensado para conservar calor; nenhuma destas coisas tem aspecto de nova, antes parecem estar aqui há várias dezenas, senão centenas, de anos. A tecnologia, por outro lado, não se parece com nada que eu conheça. Os aparelhos são grandes, desajeitados; como se não soubessem o que é um transístor, quanto mais um circuito integrado. Têm, obviamente, os conhecimentos necessários para produzir máquinas para transporte aéreo, mas parecem primitivas e lentas – embora a forma como progridem me leve a interrogar-me sobre o tipo de propulsão usado.

Para não falar nos gorilas ou nos renovados T-Rex. Como é que aparecem aqui, a conviver com humanos e a falar? Os primeiros ainda aceito, admito que o progresso da ciência possa, a certo ponto ter permitido a sua modificação para o que são hoje; mas os segundos, já na minha altura estavam extintos há milhões de anos; onde é que os foram buscar?

Isto para nada dizer da língua que falam, que não se parece com nenhuma das que recordo – a julgar pelo teclado, já não usam sequer o mesmo alfabeto. Como se formou?

Perguntas para as quais não conheço resposta.

Olho à minha volta e o que vejo parece-me ao mesmo tempo familiar e estranhamente alheio. Como se estivesse em casa de parentes distantes, emigrados em país terceiro.

Entretanto, as luzes do apartamento, que estavam acesas quando entrei, baixam de intensidade e o televisor dá sinal de vida ao tocar uma música lenta e harmoniosa, enquanto o ecrã começa a acender-se lentamente, como que aquecendo válvulas antiquadas.

Acaba por surgir uma imagem em cores deslavadas – que se vão tornando mais nítidas à medida que as possíveis válvulas atingem a temperatura ideal – revelando um texto escrito com os mesmos caracteres do teclado, sob uma imagem estilizada do Sol.

Depois a imagem muda para uma sala escura, com paredes em pedra tosca (uma gruta, talvez?) de onde pendem lâmpadas em forma de globo de um brilho branco fluorescente. No centro da sala está um altar em aço – na verdade, parece mais uma mesa de observação de um laboratório –, parcialmente coberto com um pano branco bordado com a espiral geométrica que se vê por toda a parte e ladeado por bicos de Bunsen, nos quais brilha a chama azulada das válvulas completamente abertas.

A rodear a mesa, um pouco por toda a sala e em nenhuma ordem aparente, estão imensas caixas rectangulares em vidro ou acrílico, contendo, cada uma, uma espécie vegetal diferente.

Subindo por trás da mesa, possivelmente trazida por uma plataforma ascendente, surge uma mulher vestida com um manto branco abotoado lateralmente com atilhos, um barrete da mesma cor na cabeça, uma máscara de pano sobre a boca e o nariz, e luvas em pano branco também que lhe cobrem os antebraços.

Encostado ao peito traz um livro grosso de capa encarnada, com a espiral gravada, que depois pousa sobre a mesa e abre com a ajuda de uma fita marcadora.

Olha directamente para o ecrã, abre os braços e diz:

"Preservemos as sementes da fêmea e do macho, animais e vegetais, para que renasçam a cada ciclo e nos preservem também. Que Genea nos ajude, para que como foi que seja ainda, hoje e sempre!

Agora que a noite nos envolve uma vez mais, louvemos o Sol que nos dá o calor e a luz, e a nossa Mãe Genea que nos dá a vida, para que nos guardem e não nos abandonem à escuridão e ao frio."

E começa a recitar numa língua estranha, quase como num cântico, tão incompreensível para mim como a missa em latim o deve ser para um católico chinês.

Aproveito o não perceber nada e o fraco nível de luminosidade para ir à janela da sala - a maior das quatro, com direito a um pequeno varandim em reentrância e parapeito alto - ver se as nuvens já se dissiparam.

A posição relativa das estrelas talvez me diga alguma coisa, penso.

É surpreendentemente fácil abrir a porta de seis camadas de vidro, tão grossa quanto uma mão-travessa, que dá acesso ao varandim com menos de um passo de largura.

A escala totalmente ilegível de um termómetro colocado no caixilho da janela diz-me que, no exterior, o frio aperta.

Sem a restrição do fraco calor que chegava do Sol, a temperatura desceu para níveis ainda mais baixos, enquanto o vento parece ter aumentado de intensidade.

O tempo, porém, clareou. O vento forte afastou as nuvens que nos cobriram durante todo o dia, pondo à vista um céu límpido, que a fraca luminosidade das lâmpadas de rua, lá muito em baixo, não afecta.

À primeira vista, as constelações parecem estar no lugar onde esperaria vê-las. Na verdade, a noite parece igual a qualquer outra noite de Maio em Lisboa.

O que é estranho em si. Supondo que fui projectado no tempo para o futuro, um futuro tão distante que não conserva sequer memória do tempo em que vivi, então a posição das estrelas deveria ter-se alterado.

Porém, encontro todas as estrelas que conheço, na mesma posição em que sempre as vi. Intrigado, procuro então pelo quarto crescente sob o qual ainda anteontem dormi; pensando ao mesmo tempo que, talvez onde vim parar não seja essa a fase

O som de pancadas tímidas desvia-me da minha busca e faz-me voltar apressadamente para dentro, ao dar-me conta que não são as primeiras que ouço.

Percorro a distância que me separa da entrada, abro a porta e deparo com uma figura encapuzada, diminuta como quase todos os que aqui habitam, vestindo um manto ocre de um tecido espesso ricamente bordado, que a cobre da cabeça aos pés. O capuz largo cai-lhe então sobre os ombros e revela Laetti, que me sorri por debaixo da ligadura que lhe rodeia a cabeça à altura da testa, apertando uma compressa azulada sobre o ferimento que lhe deixou a espada do grão-duque — da guarda que me acompanhou e tinha ficado de sentinela à minha porta não há sinal.

"Laetti. Que surpresa!", exclamo, contentíssimo em revê-la. "Como estás?", inquiro de imediato.

"Saudações, Exaltado. Estou melhor; obrigada pelo Vosso cuidado", diz, fazendo uma pequena vénia. "Autorizais que entre nos Vossos aposentos?", pergunta tocando-me no braço suave e hesitantemente. O peso da sua pequena mão faz-me estremecer, tal como da primeira vez que nos tocámos.

Agradavelmente surpreso com a reacção, desimpeço a ombreira para a deixar entrar, ao mesmo tempo que murmuro "Certamente", numa voz menos segura do que gostaria.

Traz consigo a aura de um banho quente, perceptível nas tranças ainda húmidas que se lhe espraiam sobre os ombros e as costas, e um discreto perfume a flores que involuntariamente me faz aspirar o ar quando passa por mim.

Sinto-me estranho ao vê-la aqui — como se houvesse borboletas a esvoaçar dentro de mim e estivesse prestes a levantar voo eu também. Sinto-me a sorrir como um idiota e há uma sensação agradável de calor que irradia pelo meu corpo.

Fecho a porta e, como um autómato, sigo-a.

Ela pára sensivelmente a meio do quarto.

"Vim agradecer-Vos a Vossa intervenção, Exaltado", diz, voltando-se para mim e fixando nos meus olhos o verde líquido dos seus. Perdido no seu olhar não me recordo inicialmente a que se refere, e depois vou responder-lhe que não tem nada que me agradecer; mas ela deixa cair o manto, vejo que não tem mais nada vestido além das ligaduras que lhe rodeiam a testa e o braço, e acho melhor nada dizer.

Em dois passos cruzo a distância que nos aparta.

Os seus olhos não deixam de fitar os meus e, como ímanes, atraem-me a ela. Levanto-a nos meus braços.

Atravesso o espaço que nos separa da cama com ela ao colo e deito-a sobre esta.

Laeeti agarra-me pela gola do macacão e puxa-me para si, a sua boca procurando avidamente a minha, num desejo primordial que se sobrepõe a quaisquer formalismos de língua ou presumíveis diferenças de estatuto.

Com um rasgar que parece não ser apenas aparente, separo de uma só vez as tiras auto-aderentes que unem as duas metades do fato-macaco e, sem deixar de a beijar, consigo agarrar e abrir o fecho do fato de mergulho, que ela sofregamente me ajuda a despir.

Quando os nossos corpos finalmente se acoitam um no outro, o alívio é quase tão grande como o desejo.

✪ ✪ ✪ ✪ ✪

Algum tempo depois, quando o cansaço se sobrepõe momentaneamente ao ardor, encosto a cabeça ao único travesseiro que ainda está sobre a cama e Laetti aninha-se de encontro ao meu peito, os dois de sorrisos patetas nos lábios, com os olhares perdidos nos padrões esdrúxulos dos veios e nós das vigas do tecto.

Sinto Laetti rodar de encontro a mim e o seu rosto radiante aparece no meu campo de visão, envolto numa nuvem de caracóis e tranças meias desfeitas. Os seus olhos procuram de novo os meus, como durante todo o tempo em que fizemos amor, e eu sinto-me preenchido, conquistado por um sentimento de ternura e por uma beatitude que julgava não poder existir.

Laetti apoia o queixo sobre as costas da mão que tem no meu peito e sorri para mim. Pressinto que me quer dizer qualquer coisa, mas antes que o faça, levo um dedo aos seus lábios.

"Espera, não digas nada. Ou melhor, seja o que for que vais dizer, não uses o modo formal. Creio ter ganho o direito de exigir que me chames pelo meu nome e me trates como amigo."

Ela abre mais os olhos, parece interrogar-se, sorri novamente, beija-me o peito e depois sobe para cima de mim para me beijar com ternura nos lábios. Mas sinto os seus mamilos erectos roçar minha pele, a sua púbis que me acaricia o umbigo e esse beijo terno depressa evolve para um muito mais ardente, quando as nossas línguas se encontram e acariciam mutuamente.

Mudamos de posição e recomeçamos com nova energia o que o cansaço nos forçara a interromper.

✿ ✿ ✿ ✿ ✿

Acordo com a lembrança agradável de mais uns quantos assaltos levados a bom termo.

Laetti dorme profundamente abraçada a mim, a serenidade estampada no rosto.

Tentando não a acordar, afasto cuidadosamente a juba avermelhada de tranças e de cabelos frisados que lhe cobre o rosto.

Mas sou desastrado, ou ela não estava tão profundamente adormecida como parecia, porque abre os olhos e espreguiça-se com gosto.

"Já descansaste tudo?", pergunto, virando-me de lado e apoiando-me no antebraço esquerdo para me colocar de frente para ela.

Laetti afasta com um sopro e com a ajuda da mão os últimos cabelos que ainda tem sobre os olhos.

"Sim, Exal.. Kahbeh", corrige-se, corando. "Desculp...a, mas vai ser-me difícil não usar o modo formal quando me dirigir a... ti. O estatuto de um Exaltado é muito semelhante ao de Sua Majestade, por Sua própria ordem, e, apesar da distinta graça que me concedes, sinto-me como se estivesse a desrespeitá-la ao tratar-te por tu."

"Não te preocupes com isso", digo, acariciando-lhe os cabelos e deixando a minha mão seguir ao longo das suas costas até se imobilizar sobre a anca. "Se tu não lhe disseres, não é por mim que Sonjie vai saber", acrescento, piscando-lhe o olho.

Ela aconchega-se mais; sou novamente acariciado pela sua pele macia e sinto, nos seus braços, pernas e tronco, a massa densa e elástica de músculos tonificados por muitos treinos. O seu corpo pequeno e bem torneado enrosca-se no meu com a facilidade de um hábito há muito adquirido, como se Laetti tivesse nascido para se abraçar a mim e eu a ela.

Sinto-a hesitar, mas depois:

"Foi por honra e dever para com Sua Majestade que vim agradecer o teres vindo por mim quando fui batida pelo grão-duque Pfandlios — maldito seja o seu nome!", diz.

"Enquanto servidora da Casa Real, era meu dever oferecer-me a ti por me teres salvado. Nada esperava em troca..." prossegue, mas interrompe-se, e acrescenta rapidamente: "aliás, nada poderia esperar em troca, sendo tu Exaltado e eu nada mais do que uma humilde servidora de Sua Majestade".

Reparo que parece evitar olhar para mim, como se embaraçada pelo que diz.

"Mas nunca fui tão bem tratada, nem me senti tão querida e desejada", diz, levantando pela primeira vez os olhos. "Se foi para mim uma honra teres aceitado a minha oferta ao deitar-te comigo, a forma como me trataste fazendo-o deixa-me duplamente honrada. E, por isso, estou-te infinitamente grata, Exaltado Kahbeh," termina, pegando na minha mão e colocando-a sobre a sua cabeça.

As suas palavras, apesar de nitidamente sentidas, deixam-me desiludido.

Esperava que a atracção que sinto por ela fosse mútua, que o ter vindo agradecer-me nada mais tivesse sido do que um pretexto.

Afinal, parece ter sido a única razão para vir ter comigo.

Devo estar a perder a capacidade de entender as mulheres.

Além disso, os ares do futuro devem fazer-me transparente.

"O que se passa, Kahbeh? Desagradei-te de alguma forma?", pergunta, erguendo-se e sentando-se, aparentemente preocupada. "Crê que não era, de todo, essa a minha intenção."

"Não, não me desagradaste, Laetti. Antes pelo contrário, gostei muito de me deitar contigo", digo, afastando mais uma vez o cabelo dos olhos dela, com a mão que antes ela tinha colocado sobre a sua cabeça. A minha resposta parece fazê-la exultar.

"Fico muito feliz por ter sido do teu agrado, Kahbeh", diz, sorrindo e entrelaçando os dedos à altura dos seios ao mesmo tempo que se inclina ligeiramente numa vénia.

"Mas, se gostaste de estar comigo, por que razão pareces desconsolado? Não é certamente da minha conta, e peço-te perdão por perguntar, mas há algo mais que possa fazer por ti?"

É a minha vez de hesitar. Não quero confundi-la com esperanças e expectativas que provavelmente não têm qualquer significado para ela. Lá porque eu a acho interessante, atraente e me sinto mais caído por ela a cada segundo que passa, não quer necessariamente dizer que ela tenha a mesma opinião de mim. Aos seus olhos, não passarei talvez de um calmeirão com duas ametistas roxas facetadas implantadas na pele, a quem ela deve deferência e a cujos caprichos se deve sujeitar.

Ainda que tenha gostado de se deitar comigo e se sinta muito honrada por isso.

Mas a necessidade de saber se o que sinto crescer em mim é correspondido é demasiado forte para deixar passar a oportunidade.

"Bom, na verdade, até há," digo. Pergunto-lhe se o único motivo porque veio ter comigo foi para me agradecer, mas Laetti parece não entender a razão da pergunta. Inquiro então se o tempo que passámos juntos significou alguma coisa para ela, mas volta a dizer-me que foi uma grande mercê que lhe fiz ao aceitar a oferta que me fez de si mesma.

Digo-lhe que me teria sido difícil recusá-la, o que a faz erguer ligeiramente as sobrancelhas e abrir os olhos com algum espanto e a torna incrivelmente mais bela; pergunto então o que é que ela julga que o tempo que passámos juntos significou para mim.

Laetti parece querer começar a dar-me uma qualquer resposta padrão, mas depois percebe finalmente o significado de tudo o que acabei de dizer-lhe, abre ainda mais os olhos e depois a boca, que volta a fechar. Em claro embaraço, inclina a cabeça sobre o peito e deixa-se ficar em silêncio alguns momentos.

Quando finalmente ergue o rosto, os seus olhos estão húmidos e dir-se-ia mal conterem as lágrimas.

"Não sou digna do Vos...teu afecto, Kahbeh", declara, abanando a cabeça, ao mesmo tempo que um fio de lágrimas lhe desliza ao longo da face, contraída numa expressão envergonhada. "A minha posição é demasiado insignificante, e a tua demasiado importante, para que me seja permitido retribuir, embora, que Genea seja minha testemunha, nada mais gostasse do que poder fazê-lo", afirma. "Nunca ninguém em tão curto espaço de tempo foi tão gentil comigo e me fez sentir tão importante e desejada", repete, a voz entrecortada por soluços.

"Quando primeiro V..., te vi e ao falar contigo essa primeira vez, senti-me inundada por um sentimento de paz e segurança diferente de tudo quanto havia sentido até então. Porém, sabendo que estava perante um Exaltado, atribuí o que sentia ao facto de a tua presença nos permitir um resgate certo de Sua Majestade", explica, encolhendo os ombros e secando as lágrimas com uma ponta do lençol.

"Mas o sentimento manteve-se, tomou conta de mim, despertou emoções e desejos que a minha condição me nega e fez-me querer o impossível, quando o meu dever é servir, nada mais... Só que, nunca, mas nunca, poderia imaginar que tu sentisses alguma coisa por mim", diz.

"Não pensei que fosse possível", acrescenta, encolhendo novamente os ombros com a resignação lavrada no rosto.

Eu, que cada vez percebo menos do discurso, pergunto-lhe o significado do que acabou de dizer, mas ela olha para mim como se não percebesse a pergunta.

Pego-lhe na mão, o que a faz estremecer, e faço-lhe uma festa no rosto – primeiro corresponde ao toque da minha mão na sua pele, como uma gata se entregaria a uma carícia, mas depois retrai-se e, embora não afaste o rosto, faz o possível por mantê-lo neutro ao deslizar da minha mão; ainda que sem grande sucesso. Embaraçada pela sua incapacidade de forçar os sentimentos a subordinarem-se às regras que, aparentemente, lhe foram impostas, permanece cabisbaixa com o olhar fixo no lençol enrodilhado que jaz entre nós.

"Doce Laetti, vejo-te triste e não percebo porquê", digo, erguendo-lhe o queixo. "Assim como não percebo por que razão te seria negado poder retribuir o que sinto por ti, ou porque o teu estatuto seria tão baixo que o pudesse justificar. Afinal, tu não és apenas a secretária de Sonjie, és irmã dela também, que diacho!", exclamo irritado.

Ao ouvir-me ela solta um grito de sobressalto, cobre as orelhas com as mãos, fecha os olhos e retrai-se ainda mais, balançando-se para um lado e para o outro como em choque, enquanto as lágrimas lhe correm pela face.

Não compreendendo a razão deste comportamento, mas vendo o nítido sofrimento em que se encontra, puxo-a para mim, envolvo-a nos meus braços e digo-lhe que nada tem a recear.

Isto parece acalmá-la ligeiramente, mas embora deixe de se balançar, continua ainda a soluçar em silêncio de encontro ao meu peito, fechada sobre si mesma com os braços envolvendo os joelhos.

Quando me parece que está suficientemente calma, volto a pegar no assunto.

"Dizes-me a razão da tua tristeza, Laetti? Posso ajudar-te de alguma forma?"

Ela não responde, limita-se a aninhar-se de encontro a mim, como uma gata ao pé de uma lareira.

Mas eu não desisto. O comportamento dela intriga-me e preciso descobrir a sua razão de ser.

"Queres que fale a Sonjie?"

Ao ouvir o nome da rainha, sinto-a crispar-se em expectativa.

"Queres que pergunte à tua ir...", continuo; mas não me deixa acabar. Desfaz o abraço com que rodeava os joelhos e a sua mão esquerda vem cobrir-me a boca com a rapidez de um raio.

Sem nada dizer, ficamos assim durante alguns momentos.

"Perdoa a violência do meu gesto, Kahbeh, mas há coisas que não podem ser ditas, nem mesmo por um Exaltado", diz finalmente, num sussurro. "Se te ouvissem, e Sua Majestade tem ouvidos em todo o lado, não seria a tua condição que te salvaria, percebes?", continua, ciciando em tom quase inaudível, com o medo expresso nos olhos, que volteiam pelo quarto como que procurando quem nos possa estar a escutar. Vendo-a assim assustada aceno-lhe que sim – que mais não seja para a sossegar.

Visivelmente aliviada, Laetti afasta a mão dos meus lábios.

Mas eu não vou deixar morrer o assunto.

"Laetti, querida," começo, ciciando eu também e fazendo-lhe sinal para que não se preocupe, quando a sinto contrair-se novamente, "não compreendo a razão do teu receio, ou porque possa ser vedada a menção do vosso parentesco. Afinal, foste tu própria quem se descreveu como companheira d'ovo e secretária de Sonjie, e só um cego não veria que vocês são iguais como duas gotas de água."

O meu pedido de explicações, em vez de novo susto, parece provocar incredulidade. Laetti olha para mim com a expressão insegura de quem não sabe se o interlocutor é ignorante ou se está a fazer de parvo.

Mas depois acaba por se decidir pela primeira hipótese e sorri tristemente.

"A culpa foi minha Kabbeh, induzi-te em erro sem querer", esclarece. "Sou Companheira d'Ovo de Sua Majestade e não Sua Companheira d'Utero – abençoada seja a Sua progénie!

– pois não posso reclamar nascimento real, nem nunca a tal me atreveria;", diz segura, e depois acrescenta: "mesmo se isso não fosse totalmente interdito e severamente punido", num tom de voz ligeiramente mais alto, como para satisfazer a consciência ou para assegurar ouvintes imaginários.

"Sou apenas uma leal servidora da Rainha, satisfeita com a minha posição e feliz por ser útil a Sua Majestade, de toda e qualquer forma que me for ordenada", complementa sem muita convicção, finalizando uma fórmula há muito memorizada, enquanto os olhos se lhe enchem novamente de lágrimas.

"Mas então, como?", pergunto incrédulo, limpando-lhe as lágrimas que lhe escorrem pela face e apontando para ela.

"Sou uma cópia de Sua Majestade", diz num soluço, fixando-me com os seus olhos tristes, "produzida, como outras, a partir de material genético Real na altura do Seu nascimento, para A servir durante a Sua longa e augusta vida."

"Uma cópia?!", exclamo. Pensei em perguntar como tal poderia ser possível, mas depois lembrei-me de um artigo sobre a reprodução assexuada das anémonas e de outro sobre os estudos feitos na duplicação de ADN, e recordei a mim mesmo que a Terra onde me encontro estará provavelmente a séculos de distância daquela em que os artigos tinham sido escritos. Como é que chamavam às cópias que, feitas a partir de material genético, seriam indiferenciáveis do original? Clones, sim, ou qualquer coisa parecida.

"Nesse caso, tu és mais do que parente de Sonjie, tu és Sonjie!", afirmo, satisfeito com a minha conclusão.

"Não!", nega peremptória, levando as mãos à boca em susto e olhando novamente à sua volta. "Esse pensamento não é permitido, Exaltado," diz recompondo-se e parecendo-se subitamente mais com Sonjie, como se estivesse a repreender uma criança travessa e para benefício de quem possa estar a ouvi-la. "E depois, existem duas enormes e insanáveis falhas que distinguem a cópia do original; só o original é portador da pedra do poder e só o original é fruto de nascimento real."

"Está bem, aceito a parte da pedra; embora nada impeça que uma se cole a ti, pois não? A julgar pelo que me aconteceu, o sangue azul não deve ser essencial... se bem que, se for, tu até deves ter que chegue..." digo absorto.

"Não, as pedras não aceitam réplicas. Já foi tentado e a experiência resultou na destruição da duplicata," explica, antes que eu possa continuar.

"Mas o que não compreendo é que só uma seja fruto de nascimento real; que não tenham ambas nascido da mãe da Sonjie ainda entendo, mas mesmo de uma mãe hospedeira, ainda és igual à Sonjie, ainda és de sangue real"

"Nascimento <u>real</u>, não Real, Kabbeh", esclarece e depois acrescenta: "Eu não nasci. Nem eu nem as outras cópias existentes de Sua Majestade. Fomos produzidas em laboratório e desenvolvidas em úteros artificiais", diz, baixando novamente os olhos.

Vi-me subitamente recordado do embaraço e do sentimento de vergonha perceptíveis em Laetti e que fizeram iniciar a conversa. Agora compreendo a sua dificuldade em entender que eu possa gostar dela e a sua aceitação de que lhe possa ser negada a retribuição desse sentimento. Ela não se vê como uma pessoa, apenas como cópia de Sonjie. O que ela é ou pode ser começa e acaba aí.

Não para mim, contudo.

"Laetti," digo, erguendo-lhe o queixo para lhe ver os olhos, "pouco me importa se tu és fruto de uma noite de paixão real ou de uma cultura feita num tubo de vidro. Não muda nada. A pessoa que tu és agora é que me interessa." Ela tenta falar, mas eu silencio-a com um dedo nos lábios.

"Espera, deixa-me acabar por favor. Também eu sinto por ti uma atracção que dura desde a primeira vez que te vi, um sentimento que não pára de crescer a cada momento que passamos juntos. Não sei o que te disseram, aquilo que te proíbem ou o que querem que sejas; nem tão pouco me importa. Só tu me importas."

Ela começa por me contemplar com um misto de incredulidade e admiração, escutando-me em silêncio, mas depois vai abanando a cabeça com cada vez maior veemência, até que não se contém mais.

"Não, Kahbeh! Não estás a entender", afirma agitada. "Ouvir da tua boca o que sentes por mim faz-me rejubilar e tomara eu que me fosse permitido retribuir... mas não é", diz amargurada. "Não é possível", acrescenta já em choro, enquanto sai da cama e se dirige para o manto deixado caído no átrio.

"Laetti, espera!", exclamo e corro atrás dela, apanhando-a quando já se dirige para a porta com o manto a arrastar pelo chão.

"Não percebo. Se o que eu sinto por ti não te é indiferente, e se tu sentes o mesmo por mim, já estás a retribuir, ou não?", digo, colocando-lhe as mãos nos ombros e fazendo-a voltar-se para mim.

"Mas eu não posso, Kahbeh! Não tenho esse direito", diz, recomeçando a chorar. "Nenhuma de nós tem quaisquer direitos, só o dever de servir. O que nunca foi um problema para mim, pois sabia ser essa a minha condição; até hoje..."

Não consigo compreender a sua incapacidade de se rebelar contra uma condição claramente injusta, mas ao vê-la tão infeliz, decido deixar o assunto para outra altura.

"Não me agrade ver-te partir assim tão triste, depois de termos estado tão bem os dois. E não quero pensar que possa ser por causa do que eu disse," digo, fazendo-lhe uma festa na face e limpando-lhe as lágrimas. "Não te vás embora, fica comigo esta noite", acrescento.

Ela olha para mim durante um momento antes de responder, mas depois abana a cabeça e diz:

"Não, nada do que disseste ou fizeste me poderia ter causado tristeza, acredita", explica, embora o seu olhar pareça desmentir o que diz. "Mas não posso ficar; devo regressar à ala de Sua Majestade para aguardar as suas ordens", adiciona conformada.

Vendo que não consigo convencê-la, aceno contrariado e em silêncio a minha concordância. Mas decido não me resignar. Amanhã mesmo falarei com Sonjie.

Damos um último beijo, com sabor a tristeza, e ela sai para o corredor ainda a acabar de pôr a capa sobre os ombros.

✪ ✪ ✪ ✪ ✪

Pensando ainda se terei feito bem em a deixar ir embora, fecho

a porta e recolho absorto ao interior do apartamento. Aí sinto pela primeira vez o frio que entra pela porta do varandim que eu, com a pressa de responder às pancadas que ouvira, deixara mal fechada e que a corrente de ar formada com a abertura da porta de entrada escancarara.

A neve que se amontoa lá fora, e que já se estende para dentro, diz-me que o tempo deve ter mudado bastante enquanto estávamos entretidos. Usando uma pá num metal muito leve, aparentemente para cinzas, que tiro dos apetrechos da lareira, limpo a soleira da porta, de modo a poder fechar novamente a varanda.

Um olhar faz-me constatar que as nuvens que trouxeram a neve estavam apenas de passagem; o céu está mais uma vez limpo.

No veludo negro da noite que cobre todo o horizonte — apesar das luzes de Gemace — cintilam as estrelas que sempre conheci e, aparentemente, na posição em que as conheci.

Essa constatação faz-me lembrar o que estava a fazer quando Laetti bateu à porta, e volto os olhos para o céu à procura do quarto crescente que antes não havia conseguido localizar.

Mas não vejo a Lua em lado algum.

Nem no quadrante onde deveria estar, nem noutro qualquer.

A Lua já não existe.

✿ ✿ ✿ ✿ ✿

A descoberta deixa-me desconcertado. É só mais uma coisa entre tantas, é certo, mas esta é de peso. Como é que um satélite do tamanho da lua desaparece? Mesmo que por magia, só a súbita falta do seu poder gravitacional teria causado cataclismos inimagináveis...

O nível do mar!

E o frio, também.

Mas não há quaisquer vestígios, não há ruínas. Como é que pode ser?

A menos que tenham decorrido muitos milhares de anos. O que também explicaria a língua.

Mas não os Gorilas.

E muito menos os T-Rex.

Para já não falar na posição das estrelas, que me diz haver pouca ou nenhuma diferença entre o céu sobre a Picheleira de há duas noites e este.

Confuso, atravesso o apartamento sem saber bem o que faço, abro a porta, não sei com que intenção, e dou de caras com a minha escolta de antes, aparentemente de regresso ao seu posto, a quem pergunto de chofre o que aconteceu à Lua.

Ela olha-me assustada, ao mesmo tempo que eu me apercebo de duas coisas: que a língua deles não tem palavra para Lua; o vocábulo foi pronunciado em português; e que estou em pelota completa.

Tentando não ligar ao olhar de incredulidade da guarda, agora claramente dirigido a algumas partes da minha anatomia, faço-lhe sinal que já volto e fecho novamente a porta.

Enfio-me rapidamente no macacão e calço as botas, antes de a voltar a abrir.

Dominado ainda pela curiosidade, saio disparado no preciso momento em que o televisor da secretária se volta a acender, para nova dose do serviço religioso de há poucas horas.

Ao ver-me sair, a guarda fecha uma portinhola cobrindo um nicho na parede oposta, de dentro de onde me pareceu ver o brilho prateado de um écran e vem ter comigo, perguntando se me pode ser útil.

Apercebo-me que não sei para onde ir e digo-lhe que me leve à rainha.

Sem questionar o meu pedido, guia-me pelo dédalo de corredores e passagens do palácio, até um elevador diferente do que anteriormente usáramos para subir, e descemos até ao nível do solo.

Paramos em frente a uma porta de aspecto imponente, a ela que bate com reverência e depois abre, ao ouvir-se, vinda de dentro, autorização para avançar.

Entro para um salão com chão em lajes de granito, sobre o qual estão espalhados tapetes em lã de diversas cores e feitios. Há, pelo menos, cinco janelas de porta inteira, reforçadas por portadas em madeira maciça cobertas por reposteiros espessos.

Numa das paredes está um planisfério. Uma projecção distorcida apresentando a geografia estranha desta Terra mais fria e sem Lua, na qual as calotas polares se estendem por mais doze graus no norte e vinte e cinco no sul; os continentes são mais rendilhados e as zonas baixas do que era terra firme fazem agora parte do leito marinho.

Laetti, ou alguém que parece ser ela, pois não tem ligadura alguma a rodear-lhe a cabeça, está de pé de frente a um televisor onde a oração que ouvi começar em cima acaba de terminar.

"Em que posso ser útil a Vossa Senhoria?", pergunta altaneira, ao voltar-se para mim com uma expressão emproada que, ao contrário do que a pergunta poderia indicar, traduz bem a sua falta de interesse em me ser útil.

Definitivamente, não é Laetti.

Embora pudesse ser sua irmã gémea; se não tivessem mediado vinte anos entre o nascimento de uma e outra.

A mulher que tenho à minha frente é francamente de meia-idade e ainda que, fisicamente, pareça uma versão amadurecida de Laetti, toda a sua postura indica Sonjie por dentro e por fora.

Não será certamente a rainha-mãe, não a imagino a tomar conta de uma recepção...

A arrogância é um fato que serve a toda a gente, penso para comigo quando me dirijo a ela.

"A senhora quem é?", pergunto indiferente.

Faz-me uma pequena vénia, tão forçada que dir-se-ia não ter vértebras na coluna.

"Laetti-matriz, Companheira d'Ovo de Sua Majestade e Chefe da Casa Real da Rainha Sonjie", declama, e depois acrescenta, como que a contragosto: "Ao Vosso serviço, Exaltado".

"Laetti... é alguma coisa à Laetti, secretária da rainha?", pergunto intrigado, pensando ao mesmo tempo que talvez seja apenas falta de imaginação.

"Somos ambas *laetti*, Exaltado," diz com um sorrisinho sarcástico, como se isso fosse explicação suficiente. "Mas há uma diferença de grau, a secretária não é *laetti-matriz*", acrescenta desdenhosa.

Ao ouvi-la, apercebi-me finalmente do significado do substantivo, que me tinha entrado no ouvido e no cérebro apenas como o nome que Laetti me dera como seu quando, afinal, tem um significado anterior – tal como Cutileiro, Feitor ou Catalão que, antes de serem nomes de família, já designavam profissões, estatutos ou origens – sendo esse o aplicável.

Laetti não é um nome próprio, indica uma categoria; em português traduzir-se-ia como excerto, extracto, ou coisa semelhante.

Todas as cópias de Sonjie são pois *laetti*, extractos, de Sonjie que, a julgar pela reacção da minha interlocutora, devem diferenciar-se entre si pelas posições que ocupam em relação a Sonjie.

Estranho sistema – embora, pensando bem, quem melhor para termos perto de nós do que nós próprios?

"O que é exactamente uma *laetti-matriz*?", pergunto não conseguindo conter a curiosidade.

"As *laetti-matriz* pertencem ao lote original formado a quando da concepção de Sua Majestade", responde orgulhosa. "As restantes foram produzidas a partir desse lote ou de colheitas posteriores ao nascimento real, o que lhes retira proximidade à Rainha."

Uma distinção bizantina, se alguma vez houve uma.

"Está a querer enganar-me? Eu conheço a rainha, e a senhora é bastante mais velha que ela!", exclamo irritado.

Um sorrisinho trocista diz-me que fiz asneira.

"Posso assegurar-vos, Exaltado, que sou a oitava do lote a ser activada e que Sua Majestade – que Genea a guarde e preserve! – foi acompanhada por cada uma das minhas precedentes durante todo o tempo que lhes foi concedido para A servir."

"Mas, como?"

"Manter a juventude e futura reprodutibilidade de Sua Majestade é a nossa única razão de ser, Exaltado. Vivemos e morremos para a servir", explica em tom didáctico, sem que, no entanto, me adiante grande coisa.

Porém, faço de conta que sim. Com um gesto displicente, dou por terminada a conversa. As subtis complicações da organização social da casa real de Gemace passam-me bastante ao lado. Só Laetti, a minha Laetti, me interessa.

O que, por via indirecta, me faz lembrar a razão da minha vinda.

Faço-lhe a mesma pergunta que fiz à guarda, e tento explicar o que é a Lua, mas a expressão facial resultante é quase a mesma.

"Percebo perfeitamente o que seja um planeta satélite, Exaltado. Mas a Terra nunca teve um."

"Tem a certeza? Não poderá estar enganada?", insisto, pensando que, se o que causou o desaparecimento da Lua foi realmente um cataclismo, talvez tenha feito desaparecer também a memória da sua existência.

Ela esboça o seu melhor sorriso trocista antes de me responder.

"Sua Majestade advertiu-me da possibilidade de Vós fazerdes perguntas bizarras ou aparentemente sem sentido, e deu-me instruções expressas para Vos assistir em tudo quanto fosse possível, logo após a Vossa primeira entrevista com Sua Majestade, à presença de quem Vós devo conduzir de imediato. Quanto à não existência de um satélite orbital a este planeta, podeis comprová-lo Vós próprios, Exaltado; a biblioteca e o arquivo reais estão, por ordem de Sua Majestade, à Vossa disposição", diz, fazendo-me sinal para que a siga.

Conduz-me a um dos extremos da sala, onde está uma porta alta e larga em madeira escura, que abre, dizendo-me para passar.

✪ ✪ ✪ ✪ ✪

Entro para um salão enorme que terá facilmente a altura de dois andares e um comprimento de vinte e cinco braças, por dez de largura.

As paredes estão cobertas com estantes em madeira, com ar de terem sido aqui postas na altura de construção do palácio, cada uma delas cheia de livros e rolos que tanto podem ser antigos pergaminhos como modernos planos de arquitectura.

A biblioteca e arquivo são admiráveis, mas o foco da minha atenção é outro.

A algumas braças de mim, quando o salão começa a alargar, emergindo do solo em ângulo inclinado, no meio de uma pequena piscina redonda de água escurecida pela luz reflectida, está um enorme poliedro de cristal, rodeado por uma massa de líquenes semelhantes aos que deixei na gruta d'Adraga. A parte do objecto que está visível chega-me aos ombros, e tem um perímetro igual ou superior à circunferência dos meus braços, o que o torna absolutamente gigantesco.

"Sabei que não sois o primeiro da Vossa casta a fazer estas perguntas, Exaltado," diz a minha cicerone; mas eu ouço-a apenas, não lhe presto atenção.

Avanço decidido em direcção ao cristal, como que hipnotizado pelo brilho arroxeado que dele dimana, ao mesmo tempo que sinto algo despertar e começar a pulsar dentro de mim.

"Parai!" Ouço ordenar, num tom que não admite hesitações e quebra o fascínio.

Volto-me, para dar de caras com face arrogante da rainha Sonjie

"Se eu fosse Vós, Kahbeh, não me acercaria demasiado," diz maternalista, aproximando-se decidida, enquanto a *laetti-matriz* se retira numa vénia às arrecuas.

"Ah, não? E porquê?" pergunto, irritado comigo mesmo e com Sonjie. Não consigo perceber como ela e a minha Laetti podem ter alguma coisa em comum, quanto mais partilhar o mesmo código genético!

"A menos que seja Vossa intenção partir sem rumo para o desconhecido," esclarece. "O uso dos portais pressupõe treino, Kahbeh; e Vós ainda não o haveis recebido. Vinde comigo." Ordena.

Portais?

"Não, espere", contraponho, apesar da curiosidade. "Antes de irmos seja onde for, tenho uma pergunta para lhe fazer. Ninguém parece ser capaz de me dizer o que aconteceu à L... ao satélite da Terra, um planeta mais pequeno que girava em torno do nosso", digo, tentando explicar por gestos o que quero dizer.

Sonjie sorri enigmaticamente antes de me dar a resposta que já ouvi duas vezes.

"A Terra nunca teve um satélite, Kahbeh", afirma confiante. "Agora, não percamos mais tempo, vinde comigo", ordena novamente.

Cada vez mais confuso e irritado, mais levado pela curiosidade do que pela autoridade de Sonjie, sigo-a sem protestar.

Atravessamos a biblioteca em direcção a uma pesada porta em metal trabalhado, oposta àquela por onde entrei, Sonjie faz rodar à vez dois volantes de segredo e a porta abre-se com surpreendente ligeireza.

Entramos para uma sala fracamente iluminada pela luz de seis candeeiros em forma de archote colocados nas paredes, que parecem estar totalmente revestidas por um metal com um brilho baço – semelhante ao alumínio, mas em tom de cobre – e terem sido construídas à volta de um enorme dodecaedro em material translúcido escuro, semelhante ao vidro, que ocupa o centro da divisão.

No meio da estrutura multifacetada, roda lentamente uma massa enevoada.

Tal como o poliedro da biblioteca, também este assenta sobre água. Um muro diminuto no mesmo metal das paredes, com não mais de um pé de altura e composto de doze secções em sintonia com as faces do dodecaedro, circunscreve a pequena lagoa rasa que serve de base ao sólido.

Sonjie dirige-se ao poliedro e estende o braço, com a palma da mão virada para a frente, na direcção de uma das faces pentagonais daquele. Sem qualquer ruído e sem se desligar do dodecaedro, o pentágono projecta-se num pentaedro e aproxima-se de Sonjie. Porém, ao atingir o perímetro formado pelo muro, inclina-se quarenta e cinco graus na direcção de onde veio e ilumina-se.

Sonjie toca com a palma da mão no objecto e todo o dodecaedro se enche de uma luz violácea. Agora parece-se mais com um televisor a três dimensões onde, por falta de espaço, estejam a ser projectadas ao mesmo tempo várias animações de diversos novelos que rodam sobre si próprios, compactados uns sobre os outros, num emaranhado de labirintos.

Na massa em incessante evolução e de um brilho difuso e constante surgem ocasionalmente pequenos picos de luz arroxeada, vermelha e azul.

Novo toque de Sonjie e o ângulo de visão altera-se para um zoom que penetra a névoa a grande velocidade, criando um efeito de túnel por onde vejo passar o que parecem ser bolas coloridas e focos de luz, algumas e alguns dos quais parecem esticar-se ao longo do trajecto, numa repetição aparentemente aleatória da mesma imagem, seguida de espaços sem nada ou de outros em que aparecem fugazmente bolas ou luzes diferentes.

Ao diminuir a velocidade, apercebo-me que as bolas e os focos de luz poderiam bem ser planetas e estrelas. Assim sendo, isso faria do emaranhado de novelos um modelo de quê? Do Universo?

Mas continua sem explicação o facto de certas imagens se repetirem, numa sobreposição semelhante à de várias exposições de um mesmo objecto num único negativo, em que nenhuma está exactamente sobre a anterior.

Nova desaceleração confirma que a progressão tem sido através de um modelo do Universo, que as bolas e focos de luz têm sido efectivamente imagens de planetas e de estrelas e que acabámos de entrar no Sistema Solar. Ou, pelo menos, em um que se lhe parece bastante, apesar da multiplicidade de planetas extra em algumas das órbitas; a da Terra sendo uma delas.

A imagem avança até à amálgama de Terras que quase se justapõem no plano da órbita solar e centra numa delas, aproxima-se da península ibérica estranhamente formada que vi no planisfério, e pára sobre o local em que nos encontramos, onde começam a pulsar alternadamente dois pontos violáceos de tons diferentes.

Eu não quero acreditar no que me parece estar a ver.

"O que é isto? Algum tipo de jogo electrónico? Trouxe-me aqui para me mostrar um jogo?! Que outras futilidades quereis partilhar comigo, Majestade?", pergunto, sentindo a irritação tomar conta de mim.

"Estou farto dos vossos enigmas e mistérios! Venho parar a este sítio sem saber como e toda a gente parece ver em mim algo que não sou; vejo-me recrutado para um salvamento e depois sou trazido para Gemace com a promessa de que tudo me seria explicado, mas continuo sem saber onde estou nem o que faço aqui. Ninguém parece querer responder às minhas perguntas, ou então dão-me respostas que não fazem qualquer sentido. Já chega!"

Sonjie observa impassível a minha explosão de raiva, o que nada contribui para me acalmar.

"Haveis acabado?", inquire calmamente, quando vê que me calei.

Com um gesto de frustração, confirmo que sim.

"Como estava prestes a explicar-vos, antes de ter sido tão rudemente interrompida, os pontos que vedes a pulsar no mapa apresentam as nossas posições respectivas", diz, apontando para o dodecaedro. "E, não, não se trata de um jogo, a menos que, para Vós, a vida o seja."

"Mas o que é que isso interessa, Mãe de Deus!", digo sem me conter pois a mulher tem o condão de me irritar. "Eu sei onde estou, que diacho! Até quase seria capaz de lhe dizer qual a rua do meu tempo que aqui passava, não preciso que o seu brinquedo de luxo mo diga. O que eu não sei é a que raio de futuro vim parar! Metade do planeta parece ter desaparecido debaixo de água, mas está um frio do caraças; há gorilas que falam e uns T-rex minorcas que não falam mas sabem usar uma catana como gente grande e, como se isso não chegasse, a Lua desapareceu e toda a gente me diz que ela nunca existiu!"

A expressão no rosto de Sonjie muda do desagrado por ter sido interrompida para a incredulidade a meio do meu discurso.

"Mas, Vós pensais estar numa época posterior àquela em vivíeis?", questiona incrédula.

A pergunta surpreende-me.

"Bem, sim", respondo, enfadado por ter de justificar o óbvio. "Estou no mesmo planeta, praticamente no mesmo sítio onde me encontrava antes e tudo mudou completamente. Não sou grande conhecedor de História, mas tenho quase a certeza de que nunca houve gorilas que falassem ou dinossauros que soubessem manejar catanas. Não tendo existido no passado, só resta o futuro como explicação", termino, dando por justificado o meu raciocínio.

"Na verdade, há outra possibilidade, ou melhor, uma miríade de possibilidades", diz Sonjie recuperando o seu sorriso trocista. "Vinde comigo, Exaltado."

Nada do que ela dizia fazia sentido, a princípio.

Universos múltiplos e sobrepostos, ocupando o mesmo espaço-tempo mas em dimensões diferentes, invisíveis uns aos outros e cujas fronteiras só podem ser atravessadas com a ajuda de portais — como o que ombreava o prisma que me trouxe aqui. Subitamente, o universo que alguém já dissera ser infinito, passou a sê-lo ainda mais. Milhões, milhares de milhões de estrelas e planetas multiplicados por si mesmos, uma e outra vez, numa progressão aparentemente ilimitada.

É um conceito capaz de dar a volta à cabeça de qualquer um, e mais parecia ficção especulativa escrita por um cientista em cima de umas passas de ácido do que algo que pudesse efectivamente existir. Mas depois, com a ajuda dos mapas tridimensionais do dodecaedro, a explicação começou a fazer sentido.

Se percebi bem o que me contou Sonjie, supõe-se que todos os universos existentes tenham tido origem na mesma explosão inicial — as vibrações produzidas pelas ondas de expansão da qual terão levado a duplicações sucessivas da matéria primeva; duplicatas que, em dimensões distintas, terão continuado a vibrar em sintonia umas com as outras ao longo das suas progressões pelo vazio que as rodeava, formando sensivelmente idênticas galáxias, estrelas e demais corpos celestes em análogas posições relativas.

Haverá algumas diferenças. Do que já é conhecido, resulta que nem todas as galáxias existem em todos os universos e nem todas as estrelas e planetas existem em todos os sistemas. Haverá inclusivamente galáxias, sistemas, estrelas ou planetas que serão únicos em toda a multitude de universos, como parece resultar da completa falta de portais e do embotamento das pedras do poder quando aí se encontram.

Estas pedras do poder, ou cristais como lhes chamo eu, são afinal, nem uma coisa nem outra. Na verdade, trata-se de um organismo colectivo, uma espécie de enxame consciente, ou aparentemente consciente, cuja origem permanece envolvida em mistério, mas que se pensa ser imediatamente anterior ou ter ocorrido concomitantemente à separação em múltiplos universos, ou ao aparecimento de um universo múltiplo — ou multiverso, como se lhe poderia também chamar, se assim se desejasse. Esta conclusão sobre o ponto de origem é mais especulação do que resultado de uma análise de factos concretos — uma vez que os cristais parecem avessos a análises e pesquisas sobre a sua natureza — e resulta da constatação, não apenas da sua capacidade de transpor as fronteiras entre os diversos universos, como também do facto de se encontrarem em todos os universos já conhecidos, em maior ou menor quantidade, sempre na vizinhança das quebras de estrutura que constituem os portais — de tal modo que, uns e outros acabam por ser, e são normalmente, confundíveis.

O que se sabe de concreto é que, o organismo colectivo que, em repouso — à falta de melhor descrição — se apresenta em forma de cristal, é uma espécie de simbionte, que escolhe os seus hospedeiros, atraindo-os a si, e oferecendo-lhes em troca do alojamento, a possibilidade de viajar entre universos. Uma possibilidade que pode ser, e foi durante muito tempo, vista como uma maldição, até os conhecimentos disponíveis terem permitido o mapeamento dos diversos pontos de partida e de chegada.

A razão deste comportamento, porém, continua desconhecida.

Os agora súbditos de Sonjie, os Hinuo ou Escolhidos, como gostam de se ver a si próprios, chegaram a este terceiro planeta da estrela a que chamam Vinedas a bordo de uma nave portal — estas, sendo resultado de um acaso, ao descobrir-se que, certo tipo de inteligências artificiais, nomeadamente as construídas a partir de uma base biológica e utilizadas como pilotos em naves interestelares, eram constantemente escolhidas para hospedeiras, permitiram alargar as viagens interportais aos não-hospedeiros e deram origem às migrações no multiverso. Os Hinuo vinham fugidos, in extremis, de um mundo que a sobreexploração e uma guerra fratricida tinham conduzido à autodestruição. Traziam consigo armas, bagagens e todos os utensílios e máquinas que tinham conseguido transportar para bordo antes de a nave descolar.

Mas as coisas correram mal logo desde o início; das nove gigantescas naves que deviam ter partido, cinco não chegaram a sair do chão, destruídas pelos mísseis de facções contrárias que, não podendo vencer a guerra, nem sair do planeta em ruína, quiseram impedir que outros o fizessem.

Quando, ao passar a órbita, abriram o portal – usando o mesmo dodecaedro em que Sonjie acabou de me mostrar as nossas posições –, descobriram que as radiações das explosões termoplasmáticas tinham, de alguma forma, afectado o simbionte da nave, mas era já demasiado tarde para o fechar.

Uma viagem que devia ter sido praticamente instantânea e amena, tornou-se num suplício que parecia interminável, enquanto a nave era literalmente empurrada ou atirada de uns portais para os outros, sempre fora de fase e sem nunca saberem em que direcção viajavam.

Após vários meses de navegação aleatória em espaço interportal foram finalmente ejectados para o espaço padrão, mas nem por isso a sua situação melhorou.

O portal abriu-se sobre a atmosfera terrestre, já na zona de atracção gravitacional, e a nave começou a cair para o planeta num ângulo péssimo e no meio do que lhes pareceu ser a pior de todas as tempestades magnéticas.

Sem conseguir que os motores lhe dessem energia suficiente para vencer a força gravitacional que os puxava para a superfície do planeta, o comandante optou por tentar controlar a queda, usando os motores em curtos disparos de forma a seguir o rumo da tempestade, ao mesmo tempo que enviava sondas com vista a descobrir um local para aterrar.

O destino quis que a tempestade amainasse momentaneamente ao sobrevoarem a embocadura do estuário do Tajo. Julgando terminada a tormenta, e vendo calma a superfície das águas, o comandante decidiu amarar.

Infelizmente, a bonança foi de pouca dura. O temporal recomeçou no pior momento; a nave foi literalmente empurrada contra a superfície e depois, quando a equipagem tentou compensar, violentamente atirada contra uma das encostas a sul, contra a qual embateu, fraccionando-se em três partes e mergulhando nas já novamente revoltas águas do rio.

Quase toda a equipagem e a maioria dos passageiros pereceram no acidente, porque a maior parte das secções ejectáveis, que se deviam ter separado da estrutura da nave ao antever-se a inevitabilidade do embate, não o fizeram.

Entre os sobreviventes estava a rainha Alaaynei, grávida de oito meses, e a infanta Jasniie. Porém, ao saber que o rei, o príncipe herdeiro e a infanta mais velha não tinham conseguido sair da nave a tempo, a rainha entrou em choque e posteriormente num coma profundo, do qual não acordou até à altura em que faleceu.

Para salvar a vida da princesa nascitura, os médicos sobreviventes e o chanceler resolveram induzir o parto, e Sonjie foi assim a primeira bebé a nascer no novo mundo.

Seria também a única.

Por razões que ainda ninguém fora capaz de explicar, todos os sobreviventes do acidente, Sonjie incluída, não pareciam ser capazes de gerar descendência entre si.

✿ ✿ ✿ ✿ ✿

Os ventos fortes constantes e o frequente mau tempo, aliados à falta de equipamento — que teve de ser recuperado do fundo do Tajo, embora a maior parte tenha mesmo ficado por lá — e a um difícil relacionamento inicial com uma das espécies dominantes, os Dhîrtaka, como se chamam a si próprios (os gorilas, como eu os vejo), levaram a que os primeiros tempos passados no novo planeta — de que nada sabiam e ao qual, em razão do que tinham passado para o atingir, resolveram chamar Terra Firme e depois só Terra — fossem bastante problemáticos.

A chegada repentina de quase cinquenta mil bípedes sem pêlo — certamente mais semelhantes a eles do que os Manx, seus eternos inimigos e predadores, mas estranhos ainda assim — tinha virado de pantanas a concepção que os Dhîrtaka tinham do Cosmos e de si mesmos, e estava a revelar-se difícil de aceitar.

Sabendo estar em Terra Firme para ficar — todas as tentativas de contacto com as restantes naves ou quaisquer outras civilizações tinham sido infrutíferas — mas não dispondo de armas ou pessoal suficiente para os subjugar, o Conselho Regente (governando em nome da rainha Alaaynei) iniciou um fantasioso bailado diplomático, cortejando as chefes Dhîrtaka e todos os seus consortes, acabando por conseguir autorização para que o contingente Hinuo, até aí acantonado em alojamentos de emergência recuperados da nave, se instalasse entre as então incipientes muralhas de Gemace.

Foi esta mudança, e a superior tecnologia Hinuo, que permitiu um posterior domínio pacífico dos Dhîrtaka, que passaram assim de espécie dominante a dominada, em menos tempo do que a viagem dos Hinuo tinha tido de duração.

Uma vez instalados, os Hinuo aceleraram o processo de recuperação da carga da nave, tentando resgatar um máximo de equipamento, mantimentos, sementes e genomas animais que lhes permitissem recriar em Terra Firme um fac-símile do planeta de origem, ao mesmo tempo que se esforçavam para transformar a cidade e as muralhas no que são hoje, um refúgio do quase permanente Inverno desta Terra.

Resolvido o problema do alojamento e tendo empenhado esforços na criação de um habitat à medida, o Conselho Real Hinuo voltou a sua atenção para os problemas da sucessão dinástica e do contacto com os restantes Hinuo.

Todos os portadores de cristais da nave, com excepção da rainha, tinham morrido a quando do embate, e a rainha mantinha-se num estado vegetativo de que não dava mostras de querer sair.

Foi por isso resolvido colocar a rainha em estase, esperando que esta quase morte levasse o simbionte a abandonar o seu corpo e a escolher novo hospedeiro.

À hora marcada reuniram-se nos quartos de Alaaynei, as duas infantas, o grão-duque Pfandlios, irmão mais novo da rainha, e os diversos membros do Conselho Real.

Embora as infantas fossem descendentes directas, era de certo modo esperado que o simbionte escolhesse o grão-duque, por ser conhecida a preferência dos cristais por hóspedes adultos ou quase adultos — o grão-duque tinha na altura dezassete anos.

Porém, contrariamente ao esperado e a tudo aquilo até então conhecido, o simbionte não só não escolheu Pfandlios, como se dividiu em dois e tomou como hospedeiras ambas as infantas.

A novidade foi tida como um bom presságio — por todos menos Pfandlios. Apesar de a divisão do cristal resultar num relativo enfraquecimento deste, foi entendimento unânime do Conselho que a escolha tinha sido feita para manter a harmonia na Casa Real Hinuo, pois, para manter a integridade dos poderes do simbionte (incluindo o de transpor portais) as infantas teriam de trabalhar em conjunto.

Pfandlios, no entanto, não se conformou com o ter sido preterido e começou desde esse momento a conspirar para conseguir uma unificação do cristal sob o seu controlo. Aliciou a sobrinha mais velha, convencendo-a que tinha sido cometida uma injustiça contra a sua real pessoa, prometendo-lhe um império só seu e o poder total de um cristal intacto, se o aceitasse como paladino e o deixasse defender a sua causa.

Aparentemente, entre os poderes conferidos pelos cristais simbiontes aos seus portadores não estão nem o bom senso nem o senso comum, ou talvez fosse esperar demais de uma criança de nove anos, pois Jasniie aceitou a oferta do tio e juntou-se à conspiração.

Quando se julgaram preparados, tendo escolhido a data em que as princesas seriam ambas coroadas rainhas, os conspiradores tentaram raptar Sonjie, mas o Conselho Real, cujos membros se tinham mantidos fiéis à ideia do governo conjunto de duas rainhas, teve conhecimento antecipado da operação e impediu o seu sucesso.

Os conspiradores, porém, conseguiram fugir de Gemace. Tendo partido em quatro das chalupas recuperadas da nave que ainda estavam operacionais, em direcção a uma povoação fortificada Manx, localizada naquela que, na minha Terra, seria a posição de Badajoz.

Aproveitando a inimizade entre Dhîrtaka e Manx e o superior armamento que, apesar de tudo, os Hinuo ainda dispunham, Pfandlios conseguiu cativar e, posteriormente, dominar e aprisionar a fêmea dominante Manx, controlando a horda através dela e servindo-se daquela para iniciar uma guerra com Gemace que dura desde então.

✿ ✿ ✿ ✿ ✿

"O que eu não entendo, rainha Sonjie", digo, após digerir tudo o que acabou de me contar, "é o que tudo isso tem a ver comigo?"

Estamos na biblioteca real, na sala contígua àquela onde vi o enorme poliedro de cristal.

Ela olha-me em silêncio durante um momento.

"A Nossa inexplicável incapacidade de gerar descendência já dura há demasiado tempo. Um herdeiro real, portador de uma pedra de poder indivisa, resolveria todos os problemas que Nos avassalam: a guerra com a Nossa irmã, a falta de comunicação com os restantes Hinuo e o exílio neste calhau feio e frio," disse.

E vendo que eu não dou mostras de ter percebido continua, algo enfadada.

"Foi sugerida a utilização de material genético compatível exterior aos Hinuo, para resolver o problema da sucessão, tendo sido iniciada uma busca por meio do cristal. Vós sois um dos resultados dessa busca."

Eu olho-a estupefacto, sem ter a certeza de ter compreendido bem o que acabei de ouvir.

"Deixe-me ver se ouvi bem; está a dizer que usou o cristal, este cristal, para procurar homens? Que um desses homens sou eu? E que me trouxeram para este planeta para a engravidar?.. Mas, você é doida? Enfim, não é que não me sinta honrado com a escolha, mas não lhe passou pela cabeça perguntar-me se eu estaria interessado em doar o _meu_ material genético, antes de me transportar para cá?"

Sonjie fita-me com uma expressão dura no olhar e um meio sorriso sarcástico nos lábios, antes de me responder.

"Como dizeis, Exaltado, a honra é Vossa. E não se recusa a honra de iniciar a nova geração da Casa Real Hinuo," afirma peremptória.

"Bom, eu talvez tenha alguma coisa a dizer a esse respeito," contesto, seguro de nunca me aproximar de Sonjie ou deixar que ela se aproxime de mim, e desafiando-a a tentar.

Os seus olhos faíscam de triunfo.

"A possibilidade da Vossa má vontade em aceitar a grande honra que Vos é concedida foi antecipada, Exaltado," diz, pronunciando com desprezo o título que eles próprios me dão.

"Mas receio que de nada vos sirva," acrescenta, batendo as palmas.

A *laetti-matriz* acorre solícita ao chamamento.

"Trazei-ma," ordena Sonjie e despede-a.

"A Vossa miserável existência poderia ter sido incomensuravelmente melhorada, Kahbeh. Viveríeis em lauto luxo e seríeis tratado com a honra merecedora da Vossa posição até ao momento da Transferência," explica. "Porém, haveis deitado tudo a perder," adita.

Começo a sentir-me algo desconfortável.

"As suas ofertas de luxo não me atraem, Sonjie. Uma prisão é uma prisão, por mais que se forrem de veludo as paredes," digo, "e as suas ameaças tão pouco me assustam," adiciono, tentando demonstrar uma certeza que já não estou seguro de ter. "Não lhe facilitarei a tarefa de conseguir de mim um herdeiro para o trono de Gemace, disso pode estar certa."

Ela solta uma gargalhada ferina.

"Detesto repetir-me, Kahbeh, mas não pensáveis certamente que a possibilidade da Vossa recusa seria deixada ao Vosso controlo?" pergunta.

Estou a tentar perceber o que ela quer dizer com aquilo e a pensar numa resposta para lhe dar, quando oiço o som de corpos que se prostram atrás de mim.

"Erguei-vos!" ordena Sonjie, batendo as palmas.

Volto-me para ver Laetti, a minha Laetti, ainda envolta no manto com que deixou o meu quarto, de joelhos e cabisbaixa, entre dois gorilas couraçados e armados com alabardas.

"O que..." começo a dizer, voltando-me novamente para Sonjie, quando percebo tudo.

O choque deve estar-me bem patente, porque ela fita-me com uma expressão de júbilo no rosto.

"Sim, Exaltado, como vedes, a colheita que tanto me queríeis recusar, já foi feita."

Furioso, avanço em direcção a Laetti, que permanece de joelhos e cabisbaixa, mas os gorilas cruzam as alabardas à sua frente, impedindo-me de me aproximar.

"Não vale a pena desperdiçardes energia, Kahbeh, não houve aqui qualquer traição. As minhas *laetti* cumprem sempre as ordens que lhes dou, mesmo que não as compreendam ou saibam a que finalidade se destinam. Esta sabia apenas que devia agradecer-Vos como só uma mulher sabe agradecer." Oiço Sonjie dizer atrás de mim.

Ao sentir-me perto, Laetti ergue pela primeira vez os olhos do chão.

"Eu não sabia, Kahbeh. Juro por Genea que não sabia! Acredita em mim, por favor, pois tudo o que te disse sentir era verdade," diz, chorosa, o desespero gravado no olhar.

Ao vê-la assim, ao sentir a angústia que lhe vai na alma e que me chega como uma onda de choque ao olhá-la nos olhos, acredito nela. Acredito nela e decido o que fazer.

"Esta, porém, não parece muito contente por ter cumprido as suas ordens, Sonjie," digo sarcástico, voltando as costas a Laetti e avançando indolentemente em direcção a Sonjie

"Sim, estranhamente," aquiesce.

"E agora, que fez o que lhe pediu, o que lhe vai acontecer?"

"Porquê, Exaltado, quereis gozar da sua companhia até à Transferência?" pergunta irónica.

"Talvez; já que me força a estar aqui, mais vale que esteja confortável," digo com um encolher de ombros. "Mas ainda não respondeu à minha pergunta, o que vai ser dela?"

"Deixou de ter uso para mim, a sua rebelião é inaudita e não será tolerada," afirma categórica. "Logo que me confirmem que o Vosso sémen foi recolhido em perfeitas condições, será reciclada. Por isso, não. Lamento mas não podereis usufruir dela até à Transferência."

Um suspiro praticamente inaudível diz-me que Laetti está a prestar atenção à conversa.

"É pena, gostei dela, é agradavelmente pneumática. Mas, diga-me, o que é essa Transferência de que fala?" pergunto, movendo-me mais uns passos na sua direcção.

Ela olha-me como se eu fosse mentecapto.

"A Transferência, que terá lugar logo que seja viável após o nascimento real, ocorrerá quando o simbionte passar de Vós para o herdeiro do trono," explica.

"Mas, pensei que os cristais só deixassem os hospedeiros em caso de morte ou coma profundo," digo, recordando o que me contou acerca da rainha Alaaynei.

"Precisamente."

"Ah, e suponho não ser o caso de eu poder ser colocado em coma profundo até a transferência estar completa?", inquiro, sabendo de antemão qual vai ser a sua resposta.

"Não, o Vosso papel terminou, Exaltado. A Transferência é apenas uma consequência dilatada do mesmo, à qual tendes de estar presente," diz mordaz. "Mas podeis estar seguro, sereis lembrado e honrado pelo Vosso feito," acrescenta consoladora.

"A sua gentileza comove-me, rainha Sonjie," digo executando uma vénia, sem que ela aparentemente se aperceba do sarcasmo na minha voz.

"Mas chega de conversa," diz Sonjie, batendo novamente as palmas e fazendo entrar na biblioteca uma mão de gorilas armados, a quem se dirige: "O Exaltado deve ser levado para o calabouço do paço, onde passará o resto dos seus dias até à cerimónia de Transferência. A *laetti* deve ser entregue à sacerdotisa-mor para reciclagem. Mexam-se!"

Apercebendo-me de que esta é provavelmente a minha última oportunidade, aproveito a atenção de Sonjie estar ainda focada nos gorilas que avançam na minha direcção, e dou um salto que me leva quase para cima dela, com a intenção de a derrubar com um pontapé nos ombros, para depois a imobilizar e utilizar como refém.

Mas Sonjie é rápida, algo a que o seu simbionte não deve ser estranho — a julgar pela rapidez acrescida que o meu hóspede me deu. Antes de a poder atingir, já tinha reagido, adoptando uma posição de defesa e apontando para mim a palma da mão esquerda para usar o cristal.

Mas, tal como aconteceu com o grão-duque, eu entro em automático.

A palma da minha mão esquerda alinha-se com a sua e o feixe de luz violácea que é projectado pelo hexágono de Sonjie é absorvido pelo meu, para grande surpresa daquela primeiro e alarme depois, quando, comandado pelo cristal, eu avanço até ela e as nossas palmas se aproximam num clarão silencioso, que se desfaz em farripas de luz ao unirem-se.

Sonjie ordena aos guardas recém-chegados que me ataquem, mas o meu hóspede tem outras ideias e oiço-me a dar-lhes ordem contrária, com o apoio do hexágono que tenho entre os olhos, que brilhando numa frequência hipnótica, os impede de se moverem.

A escolta de Laetti resolve acudir a Sonjie e sofre a mesma sorte.

Esta tenta resistir ao domínio que o meu simbionte exerce sobre ela, mas não consegue. A sua sendo uma pedra dividida, não tem qualquer hipótese contra o poder de um cristal indiviso. Por mais que ela tenha força de vontade para lhe resistir, e tem-na, é-lhe simplesmente impossível fazê-lo.

Subitamente, passam-me pela cabeça a uma velocidade incrível, sensações, cheiros e imagens até aqui desconhecidos, paisagens que não posso nunca ter visto, e recordações de viagens que nunca fiz, que são extraídas da memória de Sonjie durante a confrontação entre os dois cristais e inseridas na minha sem que eu possa fazer nada contra isso.

Em pouco tempo Sonjie é completamente dominada e cai desacordada de encontro a mim. Sem grande cerimónia, faço-a escorregar até ao chão.

O simbionte, aparentemente satisfeito com o resultado da contenda, desliga-se do adversário e eu posso finalmente largar a mão de Sonjie.

Atordoado pela experiência, olho titubeantemente à minha volta com receio que os guardas tenham saído do seu torpor. Mas estes continuam fixos nas posições em que os vi por último, e "sei" ao pensar nisso, que assim ficarão enquanto o simbionte os considerar uma ameaça.

Cambaleio ainda em direcção a Laetti, que jaz num novelo aos pés das estátuas em que se tornaram os dois gorilas que a trouxeram aqui, e ergo-a desacordada nos meus braços, colocando-a sobre uma mesa de madeira escura e espessa, sobre a qual estão desenrolados vários mapas, que empurro para o chão.

Laetti volta a si ao fim de alguns momentos.

"Kahbeh!", exclama ao ver-me. "Receei a Vo...tua morte, quando vi Sua Majestade servir-se da pedra do poder para vos atacar."

Na verdade, fui eu quem a atacou, mas para quê discutir semântica quando se tem a atenção de uma mulher bonita.

"Como vês, ainda aqui estou," digo, acariciando-lhe o rosto e apertando-a de encontro a mim.

"O que vai ser de ti agora, Kahbeh? Sua Majestade nunca te perdoará tê-la atacado."

O condicionamento é uma coisa maravilhosa, penso, apesar de Sonjie ter decidido a sua morte como se a de um insecto se tratasse, Laetti não consegue deixar de a tratar com respeito.

"Não te preocupes com isso, Laetti," digo. "Nós não vamos estar por cá o tempo suficiente para que Sonjie nos faça seja o que for."

"O que queres dizer?"

Eu limito-me a indicar o portal com o queixo.

Ela fita-me com medo nos olhos.

"Eu não posso ir contigo, Kahbeh," diz decidida.

"Mas, porquê?"

"Só os portadores podem usar os portais. As naves servem todos os demais," recita automaticamente.

Eu rio-me.

"Essas regras não se aplicam mais a ti, Laetti," digo, ajudando-a a descer da mesa. "Vem, é melhor sairmos daqui antes que apareça mais gente do que o meu cristal possa controlar."

Ainda a medo ela segue-me, uma mão colada à minha enquanto a outra segura modestamente o manto.

Tal como antes, quanto mais nos aproximamos do poliedro mais sinto a sua atracção, que vai tomando conta de mim e conduz os meus passos.

Oiço Laetti que me diz qualquer coisa, mas é apenas ruído de fundo, toda a minha atenção está no cristal. Quando lhe estamos em frente, coloco Laetti de frente para mim e cerro-a de encontro ao peito com o meu braço direito.

Dou-lhe um beijo nos lábios e digo: "Vamos a isto, pequena?", tentando não deixar tremer a voz.

Ela nada diz, mas os seus olhos fitam os meus e vejo neles assentimento e confiança total. Sinto os seus braços à volta de mim, e as suas mãos delicadas que agarram o meu fato-macaco.

Entretanto, Sonjie volta a si e vê-nos ao pé do cristal.

"Parai! Kahbeh, não sejais tolo. Não useis o portal, não sabeis onde ireis parar," diz, tentando demonstrar um cuidado que não sente. Erguendo-se, dirige-se para nós, o braço esquerdo apontado ao cristal.

Eu olho mais uma vez para Laetti, não vejo nela qualquer dúvida e alongando o braço esquerdo toco no cristal com a palma da mão, tentando visualizar a gruta d' Adraga onde tudo isto começou, na esperança que o cristal nos leve de volta para lá.

Um grito de Sonjie, "Exaltado, Não!"

Uma luz brilhante.

E a escuridão total.

✶ ✶ ✶ ✶ ✶

Venho a mim ao cair em água fria que borbulha revoltosa, num sítio quase sem luz.

Num primeiro momento de pânico, tento atabalhoadamente nadar, mas depois verifico que tenho pé e que a água só me dá pela cintura.

À medida que os meus olhos se vão habituando, vejo que as paredes à minha volta são em pedra e formam uma abóbada, cujo vértice se fecha pouco acima da minha cabeça.

Uma cisterna.

Ou um grupo de cisternas, pois a luz parece chegar através de um arco numa das paredes.

Não é a gruta d'Adraga, portanto. Onde então?

Chamo Laetti, e quando não me responde procuro-a, apalpando a água à minha volta, primeiro tentando manter alguma calma, depois desesperadamente.

Encontro finalmente uma ponta do manto que trazia vestido e, puxando por este, chego a ela.

Está desmaiada, mas começa a voltar a si quando a abraço. No entanto, há qualquer coisa nela que não está bem, parece mais fraca, mais leve também.

"Kahbeh," diz fracamente, sorrindo e fixando em mim o verde líquido dos seus olhos, agora baços e quase sem brilho. "Chegámos ao teu mundo?"

Vendo-a definhar a olhos vistos e sem saber realmente o que responder, aceno-lhe que sim e faço-lhe uma festa para lhe afastar os cabelos molhados dos olhos.

"Ainda bem, fico contente," diz aninhando-se contra mim, mas eu mal a sinto. É como se ela estivesse a tornar-se imaterial. "Estou muito cansada, Kahbeh. Posso repousar um bocadinho, antes de sairmos daqui?", pergunta, num murmúrio. Aceno que sim novamente, incapaz de falar, por receio que as lágrimas que sinto encherem-me os olhos me corram pelo rosto.

Laetti está literalmente a desaparecer dos meus braços; quase não lhe sinto o peso e o seu corpo torna-se tão etéreo que dir-se-ia uma imagem mal focada de um filme antigo.

Ela ainda tenta falar, mas eu já não a ouço. Depois o processo parece acelerar e a imagem que restava dela deixa de estar projectada no espaço sobre os meus braços, restam apenas uns quantos pixels desbotados que depressa desaparecem também.

Maldizendo a minha arrogância, que me impedira de pensar no que poderia acontecer ao trazê-la comigo — que não me deixara entender o exacto sentido do chavão recitado por Laetti — choro amargamente a sua perda, esconjurando um destino que não fora capaz de defraudar, que me trouxe a mulher dos meus sonhos para depois logo ma tirar.

Não sei quanto tempo permaneço assim, de joelhos no escuro da cisterna, soluçando cabisbaixo pela perda de algo que nunca chegou realmente a ser, mas quando dou por mim, estou com frio e a fraca luminosidade que vejo entrar através do arco mudou de ângulo.

Fazendo das tripas coração, decido estar na hora de ver onde estou e de sair do buraco em que o portal nos deixou, para que a morte de Laetti não tenha sido em vão.

Levanto-me a custo e, arrastando os pés nas algas que cobrem o fundo da cisterna, avanço, cruzando a água escura, até à sala contígua onde, ancorado a uma das paredes, está um lance de escadas que leva ao exterior.

Iço-me para o parapeito e subo, cautelosamente, os degraus. A meio, encontro uma porta em ferro forjado, que abro facilmente.

Aposto no exterior da porta está um brasão em relevo, em ferro também, onde consigo distinguir o que parece ser um dragão sobre um elmo, sobre um escudo, ou coisa semelhante, e por baixo uma faixa em que há coisas escritas que a fraca luz não me deixa compreender.

Pelo tacto penso reconhecer letras do alfabeto romano e, às apalpadelas, consigo formar palavras; PEL primeiro e depois ALEI, seguida novamente de PEL e logo de AGREI

Palavras que, não significando nada para mim, por si não me dizem onde estou, mas, pelo menos o alfabeto parece ser o meu, e isso diz-me que já não estou em Gemace.

Recomponho-me o melhor possível, rearranjo o fato-macaco encharcado, ato um lenço à volta da cabeça para esconder o cristal e, com prudência, subo os últimos degraus que me separam da superfície e assomo à porta.

Dou por mim a meio do que parece ser a parada de um quartel, onde uma formatura, composta por homens, e algumas mulheres também, fardados de azul e cinzento, dir-se-ia estar em início. Pela altura do sol, provavelmente a chamada de fim do dia.

O meu aparecimento causa agitação e galhofa entre a soldadesca, que me olham com alguma altivez e certo desdém, alguns rolando os olhos ou abanando a cabeça quando dão por mim.

"Nosso furriel; parece que um dos camones da visita de hoje foi ao charco e ficou preso na cisterna do convento," diz, num português estranho, o primeiro tipo que me vê, apontando para mim com um sorriso alarve rasgado no rosto, numa clara quebra de disciplina que lhe teria valido, pelo menos, uma chibatada no exército em que servi.

Apesar de falarem o que parece ser português, tendo em conta a disciplina lassa e o facto de não lhes reconhecer a farda, nem saber o que seja um camone, acho melhor não dar a entender que os percebo.

Sorrio aparvalhado, encolho os ombros, aponto para a minha vestimenta encharcada, sacudo as pernas das calças, e volto a encolher os ombros.

"Que raio de porra, pá! Já é o segundo este mês", diz aquele a quem chamaram Furriel. "Ponham-me esse caramelo lá fora, antes que o nosso comandante desça", acrescenta. "Ó Fontes, mas cortesmente, eh? O homem não tem culpa de ter caído à água."

Antes de me levarem, ainda me apercebo de uma bandeira verde e vermelha, com um desenho a ouro no centro, que baila lá no alto, ao sabor do vento de fim de tarde.

Mas onde é que vim parar agora e quem serão estes gajos assim fardados?

Põem-me na rua, entre risos e sorrisos e, com um último aceno, fecham a porta de armas na minha cara.

Volto-me para ver onde estou e reconheço o Largo do Convento do Carmo.

CHEGADA?

A minha visualização d'Adraga não funcionou lá muito bem.

Na verdade, falhou por uma série de léguas.

O portal abriu-se em Lisboa.

Mas não na minha Lisboa.

Uma Lisboa no mundo errado.

Esta Lisboa sofreu um terramoto devastador, a minha não.

Mas não é essa a única diferença.

Existe uma União Europeia, mas ninguém parece estar realmente satisfeito com a maneira como funciona, excepto quanto a receber dinheiro.

As províncias africanas do Sul: Angola, Zambézia, Moçambique, e até Madagáscar, primeiras jóias do Império, são países independentes e em bastante dificuldade apesar das riquezas de que dispõem. A terra de Diogo Cão e a Província do Cabo nunca foram colonizadas, tendo Porto Natal sido apenas um posto de trocas meio-abandonado.

Não há Estados da India, a Província de Tana Malaio é parte de um país independente, e a viagem de Cristovão de Mendonça que nos deu Javagrande, ou Austrália como lhe chamam aqui, parece nunca ter tido lugar.

As terras de Veracruz, do México, da Florida e de Lavrador estão repartidas por uma série de Estados independentes, e da Florida para cima quase só se fala inglês.

O Reino Federado Peninsular, a Federação Imperial, nada disso existe aqui. A Galiza, um dos berços da nação, é uma província de um país chamado Espanha e o Portugal deste mundo é, aparentemente, uma república, reduzida à exiguidade do seu rectângulo continental e ilhas dominiais!

De todos os cenários que poderia imaginar possíveis, este seria um dos menos prováveis.

Os papéis de Reales que ainda tenho na carteira não são aceites como meio de pagamento.

Para fazer frente às primeiras despesas, consegui trocar por Euro, a moeda que usam aqui, uma peça de ouro de 10 Reales que sempre trago num fio ao pescoço, precisamente para obviar a emergências — nunca esperei foi que a emergência fosse noutro mundo.

A dona da ourivesaria, já a salivar sobre a qualidade do ouro da peça — que, vá-se lá saber porquê, julgou ser uma medalha religiosa — ofereceu-se ainda para me comprar o Rolex; como curiosidade, disse, dizendo ainda nunca ter visto semelhante modelo e que mais do que provavelmente seria falso.

Mas eu recusei.

Para não estar sem nada que fazer, e até para compreender bem onde vim parar, arranjei trabalho numa obra onde não me pediram identificação e pagam ao dia, sempre em dinheiro.

Perto de onde trabalho, consegui alojamento em casa de uma família que tinha um quarto para alugar.

Para evitar perguntas e atenções indesejadas, falo pouco, uso sempre luvas e uma badana e faço-me passar por russo em casa e brasileiro na obra.

Por agora, tenho que comer e onde dormir.

Mas vai ser preciso que encontre um cristal e saia daqui.

Este sítio dá comigo em doido.

www.ingramcontent.com/pod-product-compliance
Lightning Source LLC
Chambersburg PA
CBHW020719160726
47993CB00006B/2269